マドンナメイト文庫

あぶない婦警さん　エッチな取り調べ

竹内 けん

目次
contents

あぶない婦警さん　エッチな取り調べ

第一章　制服を脱いだ婦警さん

「本上《ほんじょう》くんって、警察官志望だったよね」

暦《こよみ》のうえでは秋に入ったが、まだ残暑を引きずっている午後。

昼食を終えて、高校の教室にある自席についた本上龍桜《りゅうおう》は、頬杖をついて次の授業の開始を待っていた。

話しかけてきたのは、艶《つや》やかな黒髪が腰に届く少女だった。

女の子らしい小柄な体軀《たいく》に、小さな顔。そのくせ目は大きい。黒い瞳が磨《みが》き抜かれたガラス玉のようにキラキラしている。鼻はチョコンと小さく、若干アヒルを思わせる口元には愛らしい笑顔をたたえていた。

二見《ふたみ》高校の冬の制服である紺色のブレザーに、襞《ひだ》スカート。白いワイシャツの首元には、赤いリボンタイをつけている。足元は白い靴下に、上履きだ。

小柄なくせにやたらメリハリボディで、制服の上からもわかるほどに胸部は飛び出し、腰はくびれて、小さな尻はきゅっと吊り上がっている。細い手足はのびやかだ。古い言い方をするなら、トランジスタ美人と称されたタイプだろう。

だれもがかわいらしい、と認めるに十分なキュートな容姿だ。

それもそのはずで、彼女は高校生活の傍《かたわ》らアイドル活動をしている。

名前は林田《はやしだ》かなというのだが、みんなには名字を音読みにした「リンダ」という愛称で親しまれている。

芸能人としてのランクでいえば、テレビでたまに見かける程度の二束三文のアイドルだろうが、龍桜の住む地域では知らぬ者はいないだろう有名人だった。

なぜなら、この地域で開催されるイベントでは必ずと言っていいほど顔を出すのだ。昨今言うところのご当地アイドルというやつであろう。

代々続く地主の家系で、父親は地元の有力者として、政治家をやっている。そして、この父親というのが、とんでもない親バカで、本気で自分の娘が世界一かわいいと思い込み、芸能界デビューをさせたらしい。

その父親の伝手で仕事を回されているのだろう。

「ああ、いちおうな」

田舎の学校であるし、家も近所だから幼馴染みと言って過言ではないのだが、なにせ住む世界がまったく違う。

自然と疎遠《そえん》になっていた少女に、ごく当たり前に話しかけられて、龍桜は若干戸惑う。

「本上くんって、正義感が強いんだよね」

「いや、こんな田舎じゃ、安定した職業なんて公務員になるしかないだろ」

親が農家ならば、その土地を相続してやっていけるのだろうが、龍桜の家は違った。父親が警察官であったから、自分も警察官になるのだ、と子供のころから思い込んでいただけのことだ。

とはいえ、父親の影響だ、と口にするのはなんとなく気恥ずかしい。

「だから、なんだよ」

「実は今度わたし、秋の交通安全運動ってことで一日警察署長をすることになったんだ。本上くんが警察官だったら、わたしが顎で使ってあげられたのにね」

不意に偉そうに腕組みしたかなは、顎を捻《ひね》って芝居がかった声を出す。

「本上くん、わたしの肩を揉みなさいってね」

「いや、それはないだろ」

どこの世界に部下に肩揉みを命令する署長がいるんだ。それ以前の問題として、一日警察署長など、セレモニーのゲスト以外のなにものでもない。賓客《ひんきゃく》扱いされるだけで、一般の警察官と上下関係などあるはずがなかった。

「あはは、足を揉みなさいのほうがよかった」

キュートな笑みを浮かべながら、かなは龍桜の背中をパンパンと叩いてくる。

「はいはい、もしそんな日がきたら、足でもなんでもお舐めしますよ」

痛みに背を丸めながらも、龍桜は請け負った。

聞けば、かなが一日警察署長をやるのは、一カ月後だという。そのころの龍桜は、いまだ高校生活を送っている。

ありえない未来を笑い話にしているうちに、先生が入ってきたので、かなは慌てて自分の席に戻っていった。

＊

適当に授業を受けた龍桜は、放課後になって剣道部で一汗流す。

部活が終わると、すっかり暗くなっていた。

まだまだ暖かいのだが、日が暮れるのは早くなったものだ。

電車に乗って一駅。そこから薄暗い田舎道を歩いて自宅を目指す。

田舎の夜は本当に暗い。そのうえ今日は、薄曇りで星さえもでていないようだ。

そんな暗闇の世界をかき消す、暖かい光が目に入る。派出所の灯だ。

（しょぼい交番だが、こんなのでもあるだけで安心感はあるよな）

警察官志望の身としては、誇らしい気分になる。

（綾《あや》姉、真面目に働いているかな？）

この派出所には、龍桜の家の隣のお姉さん、椎名《しいな》綾が今年から新米婦警として詰めている。

農家出身なのだが、家は兄が継ぐし、また農家に嫁にいくのも嫌だとして、警察官の道を選んだ。

高校を卒業して警察学校にいくために実家を出たが、夏には帰ってきて龍桜と海に遊びに行ったりもした。

そして、こんな家の近所に配属されながら、いまさら実家暮らしはしたくないと、警察宿舎に入っている。

（家から通ったほうが便利だと思うんだがな）

そんなことを考えながら通り過ぎると、今度は、田舎でしかありえないだろう豪邸が目につく。先祖代々の大地主だったからこそありえる大邸宅だ。

林田かなの実家である。

「……リンダか。まぁ、俺とは関係ない女だな」

昼間、久しぶりに親しく会話したことを思い出す。

家はそれなりに近く、幼馴染みと言っていい関係ではあるが、恋愛対象としてはまったく考えていなかった。

かなの容姿は好みか？　と聞かれれば、嫌いなやつがいるのか？　と質問を返したくなる美少女ではある。

性格も気さくで親しみやすい。

しかし、大金持ちの娘で、アイドルなどをやっている華やかな少女だ。

田舎のごく普通の高校生男子。卒業後は地方公務員になることを目標としている身とは、住む世界が違う。

(まぁ、アイドルとして成功してくれや)

厳しい道だろうが、友人として遠くから応援してやる。もしアイドルとして大成しなかったとしても、お嬢様として何不自由なく暮らしていくのだろう。

「んっ」

不意に風に乗って何かが飛んできた。

陽が落ちたばかりで視界が悪かったため、なんだかわからなかったが、龍桜はとっさに摑《つか》んだ。

柔らかい布だった。

さらさらしている。

「なんだ、これ？」

妙な高級感のある肌触りに驚いた龍桜は、手にした布を広げて、しげしげと眺めた。

田舎の夜道は灯がないため、よく見えない。

ピカ！

唐突《とうとつ》にライトが当てられた。

一つではない二つ。

「動かないで！」

「現行犯よ！」

厳しい女性の声で命令されて、龍桜は戸惑う。

「へぇ？」

眩《まぶ》しい光に目を眇《すが》めながら、光源に目を向けると、そこには二人組の女性がいた。

一人は身長がスラリと高く、もう一方は平均的か。いずれも成人女性だろう。

服装は同じ制服を着ている。

藍色の帽子に、水色の長袖ワイシャツ。その上に紺色のごついジャケットを着て、下半身は藍色の長ズボンだった。

二人とも左手でライトを持ち、右手で警棒を構《かま》えている。

女性警察官。つまり、婦警たちだ。

そして、光があたったことで、ようやくわかった。龍桜が両手で持ち、顔を近づけて凝視《ぎょうし》していたもの。それは女性モノの下着だった。

「確保っ！」

背の高い女が叫び、背の低い女が猪のように突進してきた。

龍桜はとっさに避ける。空《から》振りした婦警は地面につんのめった。

「いたーっ」

「あの、大丈夫ですか？」

気の毒になった龍桜が介護しようとすると、今一人の背の高い女が叫んだ。

「抵抗するか！」

「いや、だから違うって」

龍桜の主張をみなまで聞かず、背の高い婦警は警棒を持って殴りかかってきた。

振り下ろされる警棒をとっさに、カバンで受ける。

「話を、聞いて、ください」

剣道部に所属し、警察官を志《こころざ》す高校生だ。身体能力は普通に優れている。まして、振り回される棒の対処はお手の物だ。

婦警の振るう警棒を巧《たく》みに弾《はじ》く。

「くっ、ちょこまかと」

攻撃を避けられつづけた婦警は、苛立《いらだ》ちを隠しきれずに唇を歪《ゆが》める。

暗くてよく見えないが、年のころは二十代の半ばといったところだろうか。おそらく綺麗なお姉さんのようだが、現在は柳眉《りゅうび》を逆立《さかだ》てていてすべてを台無しにしている。

「それ当たったら、マジで痛いでしょう」

警棒を構えた婦警と、龍桜は睨《にら》み合う。

そのときだ。

先ほど体当たりに失敗して突っ伏していた婦警が立ち上がり、龍桜の腰の後ろに抱きついてきた。

「先輩。いまです！」

「よくやった。椎名」

椎名だと。

いままで暗くて気づかなかったが、椎名という苗字の婦警となれば、否応《いやおう》なく思い至る人物がいる。

振り払えず、動きを封じられた龍桜を、警棒が襲う。

「ちょ」

散々に避けられて苛ついたのか、容赦のない一撃が左側頭部に当たった。

バキ！

くらっとした龍桜は、たまらずアスファルトの道路に倒れ込んだ。

(いてぇ……本気で殴りやがった)

立ち上がり直そうとする龍桜の背に、女二人がのしかかってくる。

四肢が動かない。なんとか顔を上げると、顔面に柔らかい感触があった。

(こ、これはおっぱい!?)

ごっつい防刃チョッキ越しにも感じられる弾力であった。

成人女性の乳房を顔に押し当てられて抵抗できる青少年というのは、多くないだろう。

容疑者が脱力したことを悟《さと》った背の高いほうの婦警は、龍桜の両腕を後ろに回して手錠をつけながら叫ぶ。

「ったく、手間取らせてくれたわね。椎名、ポケット全部を裏返しにして」

「はい」

左頬に大きな乳房を押し付けられたまま、龍桜の全身は弄《いじ》られる。

「危険物ありません」

「よし、椎名、本部に連絡」

「はい。こちら、二見派出所の椎名。下着泥棒の被疑者を確保しました。届け出のあったストーカー事件の犯人と思われます。応援を頼みます」

龍桜の背中に乗った婦警は、左肩についているマイクに向かってしゃべる。

(うわ、あの綾姉が真面目に警官やっている!?)

龍桜の知っている綾は、ちょっと抜けている能天気なお姉さんであった。その仕事ぶりを見ることができて、少し感動する。

先輩風を吹かしている婦警は、龍桜の耳元でドスを利《き》かせながら、優しく語りかけるという芸当をしてみせた。

「さて、交番でゆっくり話を聞きましょうか」

「はい」

抵抗を諦《あきら》めた龍桜は、婦警二人に囲まれて唯々諾々《いいだくだく》と交番へと歩いた。

＊

「ちょ、本上龍桜くんっ!?」

交番の奥にあった取調室。

ようやく灯《あかり》のある世界に入った。

そこにあったパイプ椅子に座らされ、机を前に聴取《ちょうしゅ》を取られている最中だった。

手錠をかけられた手で、出された書類に名前と住所を書いていると、机を挟んで向かいのパイプ椅子に座って指示を出していた猪女が、改めて龍桜の顔を見て頓狂《とんきょう》の声をあげた。

額部に黄金の旭日章《きょくじつ》（警察章）の輝く制帽から覗くのは赤茶けた短髪と、丸い健康的な顔。肌はうっすらと日焼けしており、どこか狸《たぬき》を連想させる愛嬌のある顔だ。

女性としては中肉中背といったところだが、さすがは成人女性。骨格がしっかりしていて、女子高生とは格が違う爆乳が印象的だ。

「やっと気づいたか」

龍桜は肩を竦《すく》める。

幼少期からいろいろと遊んでもらっているお姉さんだ。体こそよく成長しているが、子供っぽい性格で、おっちょこちょいであることは知っている。

よく警官になれたものだ、と失礼ながら感心してしまう。

(でもまぁ、よかった。やっぱり綾姉だった。綾姉ならわかってくれる)

いきなり婦警二人に暴行されて、交番までしょっ引かれたのだ。不安でいっぱいであったが、気心の知れた人の顔を見て龍桜は安堵《あんど》する。

そんな二人のやり取りを見ていた先輩の婦警が、傍らに立って口を挟む。

「知り合い?」

こちらは警察帽の下の黒い長髪を後ろで縛っている。

身長は女にしては高い。年のころは二十代の半ばといったところか。

綾とは対照的に、細面《ほそおもて》の顔立ちで、切れ長の目元に鼻筋の通った美人顔だ。キリっとした雰囲気もあり、警察のポスターに使われる婦警がそのまま出てきたかのような印象である。

「本上龍桜くんですよ。わたしの実家の隣のお子さんなんです。小学校のときなんかは集団登校のために、わたしがいっしょに連れていきました」

「へぇ」

「龍桜くんのお父さんは、本上部長ですよ。先輩も知っているでしょ」

どうやら先輩の婦警も、龍桜の父と顔見知りらしい。厳しい顔で眉間《みけん》を指で抑える。

「ああ、あの……最悪ね」

「龍桜くんも警察官志望だったよね……ぐす、それなのになんでストーカーだなんて浅はかな犯罪をするのよ」

唐突に顔をグシャグシャにした綾に詰め寄られた龍桜は、焦《あせ》りながらも胸を張って言い返す。

「俺はストーカーなんてやっていません」

龍桜の右側に立った先輩婦警が、右の手のひらで机を叩いた。

「現行犯よ、現行犯。しかも抵抗までして」

「あなたたちが勝手に襲ってきたんでしょ」

まだ頭がズキズキする。手で抑えようと思ったが、両手首にはまだ手錠がかかっていたので、動かすのが面倒で断念した。

「証拠もあるわ」

先輩婦警は、テーブルの上にサテンの華やかな女性の下着を置いた。

状況からして、先ほど龍桜が拾った下着であろう。

「たまたま風に吹かれて飛んできたんだよ。それを拾っただけだ」

「そんな言い訳が通じると思っているの。この女の敵。恥を知りなさい！」

「はぁ」

頭から否定されるだけではなく、罵倒《ばとう》までされて龍桜は徒労《とろう》感を覚えた。

「だいたい百歩譲《ゆず》って、下着泥棒と言われるのならまだわかるが、ストーカーってなんだよ」

「……」

綾と先輩婦警は、さっと視線で会話をする。

ややあって先輩婦警が口を開いた。

「林田かなさんから、ストーカー被害を受けているという相談があって、パトロールを強化している最中だったのよ」

「そこに、この下着を持った龍桜くんと遭遇したってわけ」

「リンダの下着かよ」

ただでさえ外傷で頭痛がする頭が、さらに内側から痛くなった気がする。

(リンダのやつ、こんな派手な下着を履いているのか、さすが芸能人というか、まるで娼婦の下着じゃねぇか。やっぱ枕営業とかしているのかね)

幼馴染みの少女が、自分の知らない大人の扉をくぐって遠くに行ってしまったような気分になる。

そんな現実逃避をしていた龍桜の前で、綾が叫ぶ。

「なんでストーカーなんかやったの。そりゃ、たしかにリンダちゃんは美人でかわいいけど。本上くんならいくらでも彼女とか作れたでしょ。あんな高嶺《たかね》の花を狙わなくても」

「いや、だからリンダのストーカーなんてやってねぇよ。家に帰る途中で近くを通っただけだ。そのときたまたまなんか飛んできたら捕まえた。それだけのことだよ」

「まだ言い訳するわけ、男らしくないわよ」

先輩婦警に至近距離から睨まれる。

「……」

龍桜も意地になって睨み返す。

(この人、美人だなぁ。目元なんて涼《すず》やかで、まさに婦警の鑑《かがみ》って感じだ)

こんな形での出会いではなかったら、ぜひ仲よくしたかったところである。

睨み合う二人の横で突如《とつじょ》、綾は机に突っ伏して泣き出した。

「我慢できなかったんなら、犯罪に手を染める前に、あたしに一言相談してくれればよかったのに。龍桜くんが犯罪者になるくらいなら、あたしが一肌脱いであげたのに、うわーん」

感情的になっている新米婦警に、先輩婦警が慌てる。

「ちょ、ちょっと、椎名。話がズレているから！　わたしたち警察の使命の一つは、青少年の健全な育成よ」

「だってだって、龍桜くんって正義感が強くて、恰好よくて、将来有望株だったんですよ。あたしなら、ぜんぜんオーケーです」

「いや、成人女性が高校生とやったら、犯罪だから」

話にならない。この婦警は二人とも龍桜の主張を頭から信じてくれないようだ。

徒労感を覚えていると、交番の前に車が停まった。取調室からは見えないが音でなんとなくわかる。

ほどなくして取調室の扉が開き、甘栗色のパーマのかかった頭髪に、横幅のある金《きん》縁《ぶち》の眼鏡をかけて、パールホワイトのジャケットとミニスカートという、高級感のあるスーツ。さらに薄紫色のドレスシャツに、首元には艶《あで》やかな赤いスカーフを巻いたド迫力の知的美人が入ってきた。

化粧のばっちり決まった顔に、白絹《しろぎぬ》のような肌が印象的だ。まるで生まれてこの方、日光浴などしたことがないのではないかと思える白さだ。

年のころは三十歳前後だろうか。細身であり、美人であることは議論の余地はないが、およそ愛嬌というものを感じられない顔立ちは、氷の美貌《びぼう》と例えるにふさわしいだろう。

先輩風を吹かせていた婦警は驚き、敬礼で出迎える。

「これは浦田《うらた》警視。わざわざのお運び、ありがとうございます。しかし、なぜこちらに」

警視だと!?

警察官志望の龍桜は、その階級でわかった。

三十前後で、警視につけるとなったら、それは問答無用でキャリアだ。

一流大学から第一種国家試験を突破した超エリート。こんな田舎の交番に足を踏み入れるなど異例中の異例であろう。

「たまたま近くにいたからよ」

取調室に入った浦田警視とやらは、冷めた目で龍桜を見る。

「で、そちらがストーカーくん」

直立不動の先輩婦警が応じる。

「はい。本人は否認していますが」

「ふ〜ん」

椅子に座る新米婦警を傲慢《ごうまん》に見下ろした浦田警視は、顎で席を空けるように命じる。

綾は慌てて立ち上がって、部屋の隅に移動した。

警察組織の中でも最下層の新米である綾から見ると、警視などという存在は雲の上すぎて、どう対処していいかわからないのだろう。

空いた席に腰を下ろした警視は、ハンドバックから煙草を一本取り出した。

それを咥えながら、お洒落《しゃれ》な銀のライターを取り出して火をつけると、調書の留められたバインダを持つ。

「本上龍桜。二見高校の二年生。剣道部主将。父親は、あぁ、あの本上部長か。本人も警察官志望ね」

「……」

「こんなことさえしなければ、将来有望な警察官だったのにね。お父上もがっかりするわ」

龍桜は、強く否定する。

「俺はストーカーも、下着泥棒もやっていません」

警視殿は右手で煙草を持つと、冷めた表情のまま赤い口紅の塗られた薄い唇を開き、龍桜の顔に白い煙を浴びせてきた。

龍桜はたまらず咳《せ》き込む。

それが収まるのを待ってから偉そうな女は口を開く。

「ムラムラしていたのでしょ。君ぐらいの年齢では仕方ないわ。初犯だし、ちゃんと反省すれば示談で済むわよ。いまならまだ、キミの警察官になる夢は潰《つぶ》れていないわ」

「やってない罪を認めることはできません」

龍桜の返答を聞いた警視は、バインダを机に放り投げる。

「立ちなさい」

「ああ」

意味が分からず龍桜は従《したが》った。

「机に手をついて、足を開く」

龍桜は言われたとおり、手錠のかけられている両手を机の上に置いた。

まだ半分以上残っている煙草を灰皿でもみ消した警視は、席を立ち龍桜の背後に回り込んだ。

そして、背後から抱きしめるようにして、密着してくる。

スレンダーな体型だけに、それほど存在感を主張していなかったが、背中に乳房を押し付けられたのがわかった。

「っ!?」

驚く龍桜の左耳に、煙草臭い吐息を浴びせられる。

「魔が差すということは、だれにでもあるわ」

警視の両腕が、龍桜の腋《わき》の下から前に回る。そして、ズボンのチャックを下ろした。

「ちょ、ちょっと警視……!?」

壁際で見学していた綾と、その先輩が目を丸くする。

しかし、下っ端《ぱ》の彼女たちに、偉いさんのすることに異議を唱える勇気はなかった。

警視は委細かまわず、男根を摘《つ》まみだす。

「この暴れん坊がイライラしちゃったんでしょ」

緊張に小さく萎《しぼ》んだ男性器。それを白い繊手《せんしゅ》が弄《もてあそ》ぶ。

もちろん、龍桜が男性器を異性に触られたのは、幼少期の母親以外では初めてのことだ。

「……」

龍桜は意味が分からず、頭の中が真っ白になって動けなくなってしまった。

しかし、初対面で感じの悪い女とはいえ、知性派美人の手に摑まれた男根はたちまちのうちに隆起《りゅうき》してしまう。

握りしめた固い棒状の物を上からチラリと見下ろした女警視は、嘲笑《ちょうしょう》を浮かべる。

「ふっ、仮性包茎だなんて、かわいいわね」

かぁぁぁ……。

屈辱と羞恥から、龍桜の顔は真っ赤になった。

さらに、女警視は包皮に指をかけると、ぐいっと引き下ろす。

「ぐはぁぁ……」

龍桜は声のない悲鳴をあげてのけぞった。初剝《む》きされた亀頭部というのは、空気に触れただけで死ぬほど痛いのだ。

警棒で頭をぶん殴られても、涙はでなかったが、今回は出た。

頬を涙に濡らして悶絶《もんぜつ》する少年を、警視は机に押さえ付ける。

「さぁ、認めてしまいなさい。そうしたら許してあげるわよ」

「だ、だれが……」

仮性包茎の皮を剝かれるという、性的拷問《ごうもん》を受けた少年は、泣きながら口応えをしようとした。ちょうどそのとき、派出所に備《そな》えつけられていた電話が鳴る。

慌てて綾が、反射的に受話器を取った。

「お電話ありがとうございます。二見派出所です。あ、はい」

「……」

綾が電話をしている間、なんとなく龍桜と警視は押し黙ってしまった。

「そうでしたか。はい。わかりました。ご協力ありがとうございます」

受話器を置いた綾が、警視のもとにあたふたと駆け寄り敬礼する。

「たったいま林田家から電話がありました。無くなっていた下着は、林田かなさんのものではなく、お母さんのものだそうです。それで、お手伝いさんが陰干《かげ》ししようとしたところを風に攫《さら》われたとのこと。つまり、窃盗ではありません」

「……」

しばしなんとも言えない空気が流れて、少年の男根を握っている女警視が口を開く。

「間違いないの？」

「はい。そう言っておられます」

「そう。なら、帰るわ」

握りしめていた男根から手を離した女警視は、何事もなかったかのように取調室から出ていこうとする。

あまりの展開に見逃しそうになった龍桜が、逃げていく警視の背中に怒声を浴びせた。

「ちょっと待てぇぇ！　さんざん犯人扱いしてそれかい！」

足を止めた冷酷《れいこく》女は、甘栗色の頭髪を払って肩越しに振り返る。

「不満があるなら、訴訟を起こしてもいいわよ」

そう言い残した女警視は、肩で風を切って出ていくと、車に乗って帰ってしまった。

憤懣《ふんまん》やる方のない龍桜を、綾は手で扇《あお》ぎながら笑いかける。

「あはは、ごめんね。龍桜くんがそんなことしない子だってことは、あたしはわかっていたわよ～」

「へぇ～～」

さんざん犯人扱いされた龍桜はジト目で応じる。

その横で、先輩婦警のほうは、龍桜の手にかかっていた手錠をそそくさと外す。

そして、制帽の後ろで縛られた頭髪が跳ねる勢いで、大きく頭を下げた。

「このたびは、ご迷惑をかけて申し訳ありませんでした」

「ありませんでした」

先輩に倣《なら》って綾も頭を下げた。

「はぁ……」

拘束《こうそく》された時間は、たいした長さではない。不快であったが忘れるしかないだろう。

誤認逮捕された報復に訴訟を起こしたくとも、金もなければ方法も知らない。

怒りは抑えがたいが、ともかくも自由になった手で逸物をズボンの中にしまって、チャックを上げる。そして、手の甲で頬の涙を拭《ぬぐ》う。

「それじゃ、俺、帰っていいんですよね」

「はい。どうぞ、お気をつけてお帰りください」

「それじゃ」

一刻も早く不快な交番を出ていこうとする龍桜を、綾が呼び止めた。

「あ、待って。龍桜くん、夕ご飯まだでしょ」

「そりゃ」

帰宅途中で連行されたのだから、食べてない。

「それじゃ、今回のお詫びにご飯を奢《おご》ってあげるわよ」

「え」

思いもかけなかった提案に、龍桜は戸惑う。

それに先輩の婦警も追従《ついじゅう》した。

「それ、いいわね。わたしも謝りたいわ」

「そ、そうっすか」

家に帰れば、少し遅くなったことを咎《とが》められるだろうが、母親は手料理を用意して待っていてくれているだろう。

しかし、いつも食べている母親の料理よりも、綺麗なお姉さん二人との食事というのは、捨てがたい体験のような気がする。

「そ、それじゃ、お言葉に甘えて……」

龍桜は自宅に電話して、友だちと夕食を食べてから帰ることを伝える。

綾とその先輩は、警察の制帽を取り、防刃チョッキを脱ぐと、セーターを羽織った。

それだけで警官っぽさは消える。

そして、交番の灯はつけたまま、玄関の鍵だけをかけた。

「交番を空にしていいんですか？」

驚く龍桜に、綾が応える。

「あれ、知らないの？　交番って、けっこう人がいないこと多いんだよ」

「え、そうなんですか？　でも、それじゃ緊急で逃げ込んだ人が救われないんじゃ」

「身の危険を感じた人は、交番に入ればだいたい安全だよ。犯罪者が交番まで入ってくることはまずないわ。それに緊急の要件は、この受話器を上げてくれれば、本署の当直が出て対応してくれるの」

入り口前の防風室にある受話器を、綾は指し示した。

「なるほど」

交番を出た婦警たちは、すぐ裏の建物に向かった。

「さて、ついた。ここよ」

車にでも乗せられ、料理店に連れていかれると思っていた龍桜は、綾の指し示すアパートを見上げて戸惑う。

「ここって……？」

「警察宿舎よ。本上くんも将来、ここに入ることになるんだし、社会見学ってところだね」

丸顔の綾は、器用にウインクしてみせる。

アパートの二階に、綾の部屋があり、隣が先輩の部屋のようだ。

「それじゃ、あとでいくわ」

先輩は自室に入り、龍桜は綾の部屋に招き入れられた。

(うわ、女性の部屋だ)

男子高生にとって、異性の部屋というのは敷居が高い。まして、二十歳の綺麗なお姉さんの部屋である。

まさか女性の部屋に入る体験になるとは思わず、龍桜は緊張してしまった。

「ほら、なにぼさっとしているの、入って入って」

綾のほうはまったく意識していないようで、気軽に促《うなが》してくる。

あまり意識していると見られるのも恰好悪いと感じた龍桜は、努めて平静さを装《よそお》いながら靴を脱ぐ。

「し、失礼します」

ワンルームで、バスキッチン付き。社会人一年目二十歳の女の一人暮らしとしてはかなりいい部屋だろう。

さすが公務員。福利厚生は行き届いている。

これなら実家に帰りたくない気持ちもわからないでもない。

「はい。ここに座って」

部屋の中央に小さなテーブルがあり、ファンシーな座布団を進められた。

龍桜は戸惑いながらも、言われた場所に胡坐《あぐら》をかく。

「少し待っていてね。いま準備するから」

衝立《ついたて》の影に隠れた綾は、ゴソゴソと着替えを始める。

「いや〜社会人として、焼肉屋さんとか連れていってあげたかったんだけど、この恰好じゃちょっとね」

「そ、そうですね」

首を伸ばせば覗けそうな場所で、巨乳なお姉さんが着替えている。青少年にははなはだ酷な環境だ。

「っ!?」

衝立の影から、黄色いパンティに包まれたデカ尻が一瞬覗いたが、龍桜は見なかったことにする。

「はい。お待たせ」

薄い水色のミニTシャツと、タオルの生地のような短パンという部屋着となった綾が出てきた。

「っ!?」

健康的な腹が出て臍《へそ》をさらしている。さらに大胆にさらされた脚線美が眩しい。うっすらと日焼けした太腿がムチムチである。

夏、いっしょに海に遊びにいき、ビキニ姿を拝見したときにも思ったが、存在自体が猥褻物のような健康美だ。

「あぁ～、喉乾いた。あたしはビール飲むけど、龍桜くんはどうする？　あ、龍桜くんは未成年だから、ビールはダメよ。あ、麦茶あった。麦茶でいい？」

「はい」

思春期の少年を悩殺するフェロモンをまき散らしながら、綾は冷蔵庫を漁《あさ》る。

「それにしても、龍桜くん大きくなったよね。わからなかったよ」

「夏に会ったばかりでしょ」

「いや、だから、日に日に逞《たくま》しくなっているってことよ」

綾が笑って誤魔化しているうちに玄関の扉が勝手に開いて、先ほど別れた綾の先輩が入ってきた。

「お邪魔しま～す」

白いふんわりとした生地がだんだんとなった上着。ファッションのことなど龍桜にわかるはずもないが、ティアードブラウスと言われる代物《しろもの》らしい。

下半身は深緑の、七分丈のスリムパンツを履いていた。

先ほどまで縛っていた黒髪を下ろしていることもあって、どこにも婦警っぽさはない。ラフな装いだが、スタイルがいいこともあって仕事上がりのお洒落なＯＬさんといった雰囲気だ。

「せんぱ～い、お待ちしていました～」

「ほい、手土産」

たったいま近所のコンビニで買ってきたと思われる惣菜が詰まったビニール袋が渡される。

「ありがとうございます」

いただいた食料を、綾は足の低いテーブルの上に広げた。それを三人で囲んで座る。

「それじゃ、とりあえずかんぱ～い」

綾と先輩は、ビールの入ったグラスを、龍桜は麦茶の入ったグラスを掲《かか》げて軽く打ち合わせる。

直後に二人のお姉さんは、喉を鳴らしながらビールを一気に呷《あお》った。

「くぅ～、美味しい。仕事上がりはやっぱビールですね」

「うんうん、この一杯が楽しみでつらい仕事に励んでいるのよ」

二人とも実に美味しそうにビールを飲む。呆《あき》れる龍桜に、綾が促す。

「さぁ、たいしたものないけど、ジャンジャン食べて」

「いただきます」

龍桜はコンビニの惣菜に割り箸を伸ばす。

向かいで膝を崩して座っている黒い長髪のお姉さんは、テーブルに肘を置きながら声をかけてきた。

「そういえば、本上、わたしのこと覚えている？」

「へ？」

いきなり呼び捨てにされて、龍桜は戸惑ってしまう。

透明感のある白い顔のお姉さんは、苦笑した。

「やっぱり気づいていなかったか。わたしは遠藤和佳奈《えんどうわかな》。二見高校出身で、剣道部のOGよ。だから、顧問をやっている先生に頼まれて何度か母校に稽古をつけに行ったことがあるの」

「え、あっ、ええぇぇ、ということは鬼の遠藤!?」

脳裏《のうり》で目の前にいるモデルふうの綺麗なお姉さんと、道場で竹刀を振り回す恐ろしい女剣士の姿が重なって、思わず叫んでしまった。

直後に眉間を、人差し指で突かれる。

「誰が鬼よ」

「すいません」

謝罪しながら龍桜は、脳裏で「鬼の遠藤」の情報を必死に思い出す。

(全国大会に出た猛者《もさ》で、たしか顧問の先生の一つ下の後輩だったよな。ということは二十四歳か)

改めて向かいに座ったお姉さんの顔を見ると、それぐらいの年齢に見える。

言われてみればたしかに、いかにも女剣士といった隙《すき》の無い立ち振る舞いをする人だ。

また、透けるような白い肌というのも、日の当たらない室内スポーツを幼少期から嗜《たしな》んでいる人の特徴だろう。

「だから、キミの顔を見て、剣道部の後輩が犯罪者ということで、必要以上につらく当たっちゃったかもしれないわね。改めて謝るわ。ほんとごめん」

両手を合わせて頭を下げられた龍桜は恐縮する。

「そ、そうだったんですね」

先ほどまでは冤罪《えんざい》で捕まえた怖いお姉さんという認識であったが、ＯＧということで一気に親しみを感じた。それと同時に体育会系の上下意識が芽生えてしまう。

「あの、先輩、ビールをお注《つ》ぎしましょうか？」

「なに、いまさらに敬語になっているのよ。でも、ビールはいただくわ」

和佳奈が空になったグラスを差し出してきたので、龍桜は缶ビールを傾ける。

「あ、いいな。あたしも注いでほしい」

綾もまた空のグラスを差し出してきたので、龍桜は缶ビールを傾ける。

すっかりくつろいだお姉さまたちは、満足げに二杯目のビールを呷った。

「ああ、男子高生に酌《しゃく》をしてもらうビールって格別ね」

「はい。でも、先輩。男子高生に酌をさせていいんですかね」

若干不安そうな綾に、和佳奈は鷹揚《おうよう》に応じる。

「飲ませたらダメだけど、酌をさせるだけならありでしょ」

「そうですよね。龍桜くん、もう一杯」

「はいはい」

なぜかは知らないが気づくと龍桜は、二人のお姉さんに酌をする係となっていた。

二人とも酒をぐいぐい呷りながら、よく食べる。見事な健啖家《けんたんか》だ。

「ほら、本上も、遠慮しないでどんどん食べなさい。無くなっちゃうわよ」

「龍桜くん、あーん、して」

綾が自分の割り箸でから揚げを摘まむと、龍桜の口元に運んできた。

「えっ」

若干戸惑った龍桜だが、遠慮するのも悪いと思い口を開く。

そして、口の中に鶏肉のから揚げを放り込まれる。

「美味しい？」

「はい」

「よかった。それじゃ、おかわり」

綾が差し出すグラスに、ビールを注ぐ。

いつの間にか、綾と和佳奈は、龍桜の左右に侍っていた。膝を崩した女の子座りで、ビールを呷っては、酌をさせる。

ビールを何回注いだだろうか。気づくと空となった缶ビールがかなりの数となっていた。

「わたしは、栄《は》えある二見高校剣道部から犯罪者はでないと信じていたわよ」

だいぶ酔いが回ったらしい和佳奈が、左腕を龍桜の肩に回してくる。

「もういいですって」

酔っ払いのお姉さんに絡まれて、龍桜は若干、この席にきたことを後悔していた。

ビールの入ったグラスを両手で握りしめた綾が遠い目をする。

「それにしても、龍桜くんが入るだけで華やぎが違いますね」

「いつもは、女二人で寂しく宅飲みだからね」

「お二人ともモテそうなのに……」

なにげない龍桜の感想に、綾は天井を仰いで盛大に嘆《なげ》く。

「わたしたち婦警には出会いがないのよ。夜勤に緊急出動。普通の男とは時間帯が合わないの～」

空になったグラスをテーブルに叩きつけながら、和佳奈も引き継ぐ。

「出会える男は、脂ぎったポマードで固めたリーゼントのオッサン刑事か、死んだような目をした犯罪者か、怒りの視線を向けてくる交通違反者ばかりよ」

「そ、そうなんですか？」

完全に地雷を踏んだと自覚した龍桜は、血の涙を流さんばかりの二人の権幕《けんまく》にいささか引く。

「そうなのよ。いい男に、税金泥棒とか罵声《ばせい》を浴びせられるとマジで凹《へこ》むわ」

「警察官なんて仕事を頑張れば頑張るほど、嫌われるのよ。それにしても高校生男子はやっぱ違うわね。お肌ピチピチ、触っているとこっちまで若返るわぁ〜」

和佳奈がうっとりとした顔で、龍桜の右頬を撫でてくる。

「わかります、わかります。これは、癒されますね〜」

綾まで、龍桜の左頬を撫でてくる。

(どうするんだ、この空間)

綺麗なお姉さんたちとのお食事会と、内心ではウキウキしていた龍桜だが、酒に酔って愚痴《ぐち》り散らかすお姉さまたちに囲まれて困惑するしかない。

(それにしても、二人ともおっぱいデカいよなぁ)

右手にある白いブラウスの下からぐぅと飛び出た乳房は、まるでロケットのようだ。左手にある水色のミニTシャツを突き破らんばかりの乳房は、ふかふかのできたて巨大肉まんのようだった。

綾のほうが若干大きいようだが、いずれにせよふだん、学校で見かける女子高生たちのものとはレベルが違う。

(ヤバイ、なにこのお姉さんたちの体。ムチムチすぎるだろ。それにいい匂いというか、なんというか、フェロモンが出まくりじゃね)

色気というよりも、より動物的な生々しい牝臭が漂《ただよ》ってくる気がした。

思春期の男子にとって、成人女性の放《はな》つ大人の色香はもはや毒に等しい。

田舎町の交番に勤務する婦警というのは、世を忍ぶ仮の姿。その正体は、世界を混乱させる童貞殺しのおっぱいテロリストである。と言われても、いまの龍桜なら信じた。

(薄い布越しに、おっぱいの形がすっかり浮き上がっている。先っぽに乳首のぽっちが見える気がする。これってノーブラってことなんじゃね)

そんなことを考えていると、不意に和佳奈がジト目で溜息《ためいき》をついた。

「本上、さっきからどこ見ているの？」

「っ!?」

動揺する龍桜を、綾がフォローする。

「先輩、怒らないでください。高校生男子なら自然なことなんですから。見るぐらい許してあげましょうよ」

知らず知らずのうちに龍桜は、お姉さまたちの胸元を凝視していたようである。

綾のほうは気づいて気づかないふりをしてくれていたようだ。酒臭い吐息をついた和佳奈は、右手で黒い頭髪を掻き上げる。

「別に怒ってはいないわよ」

慌てて視線を逸《そ》らす龍桜の耳元に、唇を近づけた和佳奈が囁《ささや》く。

「いいわよ。ちょっとぐらいなら触っても。今日は不快な思いをさせちゃったお詫びってことで」

「いや、そんなからかわないでください」

「遠慮するなって」

興味はある。しかし、それはあまりにも見えみえの罠に感じて遠慮する龍桜の頭を、和佳奈はぐいっと抱き寄せた。

白いふんわりとしたブラウスに包まれた胸の谷間に顔が埋《うず》まる。

(や、柔らかい)

動けなくなってしまった龍桜の姿に、綾が歓声をあげる。

「あ、先輩だけいいな。あたしもやりたい」

綾もまた、チビTシャツに包まれた乳房を、龍桜の後頭部に押し付けてきた。

「っ!?」

結果、龍桜の顔は和佳奈の白いブラウス、後頭部は綾の薄水色のチビTに挟まれた。いずれも中には爆乳が隠れている。

（あー、汗の匂いがする）

二人とも残暑厳しいなかでの仕事が終わって、急いで着替えただけだ。シャワーも浴びていないのだろう。

女の汗の匂いが、龍桜の鼻腔から肺を満たす。

不快ではない。それどころか、噂に聞く麻薬でも吸ったかのような多幸感が襲ってくる。

（なに、これ？　夢？）

和佳奈にせよ、綾にせよ、いちおう、知っているといえば知っている女性ではあった。しかしながら、異性として意識するほどに親しかったわけではない。

二人とも酔っぱらって悪乗りしているのだろうということはわかる。

（俺はもしかして、ライオンの檻に入ってしまったウサギだったりするのだろうか？）

食われると、本能的に思った。

龍桜は童貞であるから、女体に興味がないといえば嘘になる。

だれでもいいから、綺麗な女性とエッチしてみたい、筆下ろししてもらいたいという願望はあった。

その意味で、綾にせよ、和佳奈にせよ、土下座してでもお願いしたいような魅力的なお姉さまたちであることはたしかだ。

それが二人同時である。期待と興奮で胡坐をかいた股の間が痛いほどに滾《たぎ》ってしまう。

お姉さまたちは、青少年の肉体の変化を見逃さなかった。

龍桜の頭部を乳房で挟んだまま、二人は示し合わせたかのようにズボンのチャックを下ろす。

そして、いきり勃《た》つ男根がパンツの中から引きずり出された。

「あらあら、いい感じに勃起しているわね」

和佳奈が舌舐めずりをしたようだ。

綾も嬉しそうに感想を言う。

「うわ、すごいビンビンだね。さっき取調室で見たときから思っていたけど、龍桜くんのおち×ちんって、すっごく大きいよね」

「そ、そうでしょうか？」

和佳奈の胸に顔を埋めたまま、龍桜は戸惑い気味に応じる。

勃起した状態を他人と比べたことがないから、なんと言っていいかわからない。

「その、包茎だけど……」

「高校生が仮性包茎なのは普通よ。浦田警視に言われたことを気にしているの？」

和佳奈の質問に、龍桜が応じるより先に、綾が憤慨《ふんがい》する。

「あれは酷《ひど》かったよね。男の子の大事なところに触れて脅迫するなんて、あたしドンビキしちゃった」

「ああ、わたしもあれはやりすぎだと思った。少年少女の健全育成は、わたしらの大事なお仕事だというのに」

そんな会話をしている間も、二人の指は男根を弄りつづけている。

「そんなに包茎が気になる？　なら、わたしたちが剝いてやろうか？」

口角を嗜虐《しぎやく》的に釣り上げた和佳奈の言葉に、満面の笑みの綾も積極的に同意する。

「いいですね。包茎おち×ちんを見つけたら、優しく剝き癖をつけてあげるのが、大人の女の嗜みだっていいますもんね」

先ほど、陰険な女警視に剝かれて、死ぬほど痛かったが、いまこの状況で拒否することはできなかった。

逆に、この綺麗で淫らなお姉さまたちに剝いてもらえると思うと、胸の高まりが止まらない。

「よろしくお願いします」

興奮を隠しきれずに、龍桜は懇願《こんがん》してしまった。

それを受けて、龍桜の頭を胸元で挟んでいたお姉さんたちは、いったん離れる。

「……」

いきり勃つ仮性包茎男根をさらして胡坐をかき、不安そうな顔をしている龍桜に向かって、綾は楽しげに胸を張った。

「うふふ、任せておいて、男の子の包茎を剥くときには細心《さいしん》の注意が必要だってことは知っているわ。そこの濡れティッシュで湿らせながら、ゆっくりと剥きましょう」

「そうだな。わたしたちはあの、意地悪な警視殿とは違うからな」

和佳奈はテーブルの端に置かれていた、ウエットティッシュを取り寄せると、亀頭部を包んだ。

ひんやりとした水気が、亀頭に染みる。

「大丈夫？　痛くない？」

「あ、はい……」

綾に気遣われ、龍桜は言葉少なく頷《うなず》いた。

恥ずかしいし、ヒリヒリとした鈍い痛みはあるが、先ほど取調室で感じの悪い警視に剝かれたときのような耐《た》えがたい痛みはない。

いや、痛みを上回る多幸感が、逸物から全身に満ちていた。

濡れティッシュが、亀頭と包皮の間に入って、少しずつ少しずつ剝かれていく。そして、ついにすべて剝かれた。

「うふふ、この真っ白なのは、恥垢ね。全部取ってあげないと……」

目を光らせた綾は、濡れティッシュで亀頭部をゴシゴシと磨いてきた。

「へぇ、赤い地肌がでてきたわね」

和佳奈も興味深そうだ。

二人は協力して、亀頭の表面はもちろん、左右に張った鰓《えら》の下まで塗れたティッシュで磨き上げる。

「ひぃ、ひぃ、ひぃ、はぅ……」

包皮の上から扱《しご》いただけでも射精してしまうような敏感な部分だ。あまりの気持ちよさに、龍桜は震えてしまった。

お姉さまたちは、やがて男根からいったん手を離す。

「ふぅ、立派なおち×ちんになったわ」

「ええ、すっごく大きくて、鰓の張りもすごい。こんなの入れられてゴリゴリされたら、どんな女も腰砕けですね」

和佳奈と綾は、自分たちの仕上げた仕事の成果を満足げに見つめて感想を言い合っていたが、龍桜は世にも情けない声を出す。

「あの……俺、もう……」

和佳奈が苦笑混じりに応じる。

「出したかったら出していいわよ。わたしたちは鬼ではないわ。やりたい盛《ざか》りの男子高生を、勃起したまま帰すなんて非道なことはしないわよ。正義の味方なんだから」

「性戯の味方、なんてね。アハハハ」

酔って笑いの沸点が低くなっているのか、和佳奈と綾は楽しげに笑いながら改めて男根を握ってきた。

「あは、すご〜い、おち×ちんビックンビックンしちゃっている。かわいい♪」

「ああ、わたしでもわかる。これは間違いない。射精寸前の状態だな」

綾も和佳奈も、顔が真っ赤なのはアルコールのせいだけではないだろう。瞳も油でも点《さ》したかのようにギラギラと輝いている。

そんなエッチなお姉さまたちに男根を弄ばれる嬉しさと恥ずかしさに、龍桜は悶絶する。

（あ、もう……ダメ……）

頭が真っ白になった龍桜は、綺麗なお姉さん二人の手によって摑まれた男根を激しく脈打たせる。

ドビュドビュドビュ……！！！

「うわ、すごい飛んだ!?」

「ほんと、天井に届きそうだった……」

綾と和佳奈は感嘆《かんたん》の声をあげて、部屋にまき散らされた白濁液の行方を見る。

「でも、これは掃除するの大変そう」

「ごめんなさい」

綾の呟《つぶや》きに、射精の興奮の冷めた龍桜は、魂が抜けたような気分で悄然《しょうぜん》と謝った。

慌てて綾は、あっけらかんと応じる。

「ううん、謝ることなんてないわよ。こうなることはわかっていたんだし。そんなことより、気持ちよかった？」

「それは……はい」

この世のものとは思えぬほどに気持ちよかった。

綾はテーブルにバラまかれた白濁液をナプキンで拭き、その間に和佳奈は、射精したばかりの陰茎を濡れたティッシュで包むと、丁寧に拭いてくれた。

「それはよかったわ。それじゃ、今日の誤認逮捕はこれでチャラってことでいいわよね」

「も、もちろんです。お釣りが来ました」

「それはよかったわ。はい、綺麗になった。今日はこれでお開きとしましょうか。もう遅いし、親御さんが心配しているわ」

和佳奈の提案に、いささか物足りないものを感じながらも龍桜は頷いた。

「それじゃ帰ります」

綺麗なお姉さん二人の前で射精したのが気恥ずかしく、いたたまれない龍桜は玄関に向かい、和佳奈もいっしょに靴を履く。

屈託《くったく》ない笑みの綾は、玄関まで見送ってくれた。

「龍桜くん、またいっしょに食事をしようね」

「ぜ、ぜひ！」

食い気味に応じてしまう龍桜の態度に苦笑した和佳奈は、その耳元でわざとらしい色気を込めて囁く。

「うふふ、た・の・し・み♪」

ズキュンッと股間を撃ち抜かれた気がする。

隣の部屋の和佳奈と別れ、龍桜は独りアパートを出た。

次回、自分がこのアパートを訪れるとき、それは童貞を卒業するときだろう。それも、もしかしたら、いや、かなりの高確率で3Pで。あの爆乳お姉さまたちと。

（た、楽しみすぎる）

暗くなった田舎道を、龍桜は絶叫したくなる衝動を必死に抑えながら自宅に向かった。

第二章　キャリア痴女からの特命

「おはようございます」

爽やかな秋晴れの早朝、登校するために田舎道を歩いていた本上龍桜は、最寄りの交番に差しかかる。

駐車場では、椎名綾と遠藤和佳奈が、藍色の帽子、水色の肩章付きの長袖ワイシャツ、長ズボンという婦警の制服姿で、ミニパトの洗車をしていた。

長い黒髪を首の後ろで縛った和佳奈は、毅然《きぜん》と右手を広げて差し出し、龍桜の挨拶を遮《さえぎ》る。

「大きな声を出さないで」

「はい？」

戸惑う龍桜に、顔を顰《しか》めた和佳奈は、ミニパトに倒れ込みながら応じる。

「頭が痛いの……」

もう一方の綾は、物陰に隠れてうずくまり、ズボンを破りそうなでかい尻を突き出しつつ、真っ青な顔で口元を押さえている。

「うっぷ、昨日のこと、何も覚えてない」

どうやら、二日酔いに苦しんでいるようだ。

「お、お大事に……」

かける言葉が見つからず、龍桜は早々に背を向けて学校を目指す。

（昨日、すげぇ酒飲んでいたもんな……あの二人とエッチするのが楽しみで仕方ないけど、あんな人たちが警察官って、日本の治安は大丈夫か？）

いささか深刻な憂国を覚えた。

＊

「昨日は、災難だったみたいね」

校舎に入り、自分の席に着いた龍桜が授業の準備をしていると、クラスメイトでアイドル活動をしている林田かなが寄ってきた。

そして、隣の机の端にチョコンと腰をかける。

「……おかげ様でね」

ストーカー、下着泥棒と間違えられて逮捕されるという衝撃的な体験であったが、そのあとに、さらに強烈な体験があったため、危うく忘れるところだった。

「まさか、お母さまの下着を本上くんに拾われるとわね。警察から連絡がきてびっくりしちゃった」

「まぁ、なんにせよ、助かったよ」

林田家で調べて、折り返しの連絡がなければ、あのあと、どのような展開が待っていたのか考えるだに恐ろしい。

警察官になるという、龍桜の将来設計が根本《こんぽん》から崩れていた可能性が大だ。

「そういえば、リンダ。おまえストーカーに悩まされているのか？」

「うん、SNSですっごい粘着されているの。ブロックしてもすぐに新しいアカウントを作っているみたいで、まるで鼬《いたち》ごっこよ。それで警察にも届けたってわけ」

「それは大変だな。SNSとか俺にはよくわからないけど、俺の助けが必要なときはいつでも言ってくれ。精いっぱい力になるよ」

社交辞令というやつである。林田家は地元の名士だ。税金もいっぱい払っているだろうから、警察も一生懸命に捜査してくれるだろう。

そのとばっちりを、昨夜の自分は受けたわけだ。

「ありがと」

まさにアイドルといいたくなるような、嬉しそうな笑顔をかなが浮かべたとき、不意に龍桜のスマホが鳴った。

「ん？」

何気なく液晶画面を見た龍桜は戸惑う。

登録していない電話番号だったのだ。

一瞬、無視しようかとも思ったが、そうもいかず通話ボタンを押す。

用心のためにこちらからは声を出さない。

すると女の低い声が聞こえてきた。

「本上龍桜くんね。わたしよ」

「わたし？」

オレオレ詐欺のような言い回しに警戒を深める龍桜に、女は冷静な口調に嘲笑を混ぜて応じる。

「昨日会ったでしょ。キミの将来の職場の上司よ」

その癇《かん》に障《さわ》る言い方で、思い出した。

「……浦田警視さんでしたか。なぜ、ぼくのスマホの番号を知っているんですか？」

「うふふ」

鼻で笑っただけで答えをくれなかった。

相手は警察。それもお偉いさんである。いくらでも裏技があるのだろう。

「今日の放課後、県警本部に来なさい。時間と場所はメールで知らせるわ」

「え、ちょっと待ってください」

龍桜に成否を聞くのではなく、一方的に宣言して警察官僚さまは電話を切ってしまった。

「どうしたの？」

心配顔のかなに、龍桜は頭を掻きつつ応じる。

「昨日の警察の人が県警本部に来いってさ。まだなにかあるのかな？」

「誤認逮捕したお詫びをしてくれるんじゃない」

「いや、そんな殊勝な方には見えなかったけど……まぁ、行くしかないか」

即座に送られてきたショートメールを見ながら、龍桜は溜息をついた。

＊

浦田警視とやらは、龍桜の生活時間を完全に把握《はあく》しているようで、放課後の部活が終わって急いでいけば、きっちり間に合う時間を指定してきた。

交番と違って、県警本部はさすがに大きい。畏怖《いふ》されながらも玄関に入る。そして、受付の婦警に恐るおそる声をかけた。

「あの〜すいません。浦田警視って方に呼ばれたんですけど。本上っていいます」

「ああ、警察官希望の子ね。聞いているわ」

妙に優しく対応される。

もし龍桜の希望どおり、警察官になれたとしても、高卒の下っ端。おそらく生涯、交番勤務で終わるだろうから、本部に顔を出すことなどほとんどないのではなかろうか。

すれ違う人たちが、みんなエリートに見える。

大人たちが忙しく働いているなかを、高校生の自分が移動することは場違い感が半端ない。

おっかなびっくりしながらも、指定された部屋にたどり着く。

「失礼します」

扉をノックすると、即座にいらえがあった。

「入りなさい」

部屋に踏み入ると、大きな机と椅子があり、そこに甘栗色の髪に、幅広な金縁の眼鏡をかけ、高級そうなパールホワイトのスーツをきたお姉さんが独り腰をかけ、けだるげに煙草をくゆらせていた。

（なんと言うか、カッコイイ人だな）

この女警視に対する好感度は、ゼロどころかマイナスの龍桜であったが、その容姿の素晴らしさは認めざるをえない。

節制もしっかりしているのだろう。よけいな贅肉など感じられないシャープな雰囲気は、まさに知性派美人。エリートが服を着ているかのようだ。

実際、県警本部内に個室を与えられているというだけで、もう特別な存在なのだということは想像がつく。

龍桜は机の前に立つ。

「あの、もう容疑は晴れたはずですよ。何の用ですか？」

攻撃的な龍桜に対して、煙草の火を消した女警視は立ち上がった。

「まぁ、座りなさい。コーヒー、あと貰《もら》い物だけどケーキがあるわ」

「はぁ」

部屋の横にあった応接用の黒皮のソファを勧められる。

仕方ないので腰を下ろすと、低いガラステーブルを挟んで向かいに女警視殿が足を組んで座った。

タイトなミニスカートから覗くブラウンのタイツに包まれた細い脚が、かなり深いところまで見えた。

(あ、ガーターベルトだ)

スカートの中でタイツは途切れ、黒い吊り紐で留められていた。その背景として、白い太腿がチラリと見える。

たったそれだけのことなのに、青少年を惑わすには十分な光景だ。

ほどなく、浦田警視の直属の部下と思える婦警が入ってきて、コーヒーとシュークリームを出される。

ちなみに、その婦警はスカートだった。

交番勤務の椎名綾と遠藤和佳奈は外回りが多いからズボンで、この人は事務職だからスカートなのだろう。

彼女が退出したあと、女警視は名刺を差し出してきた。

「改めて、浦田陽子よ」

肩書は警視庁刑事部参事官と書かれている。

「やっぱ、キャリア組ってやつですか?」

「そうよ。わたし、偉い人」

薄い口紅の塗られた口元に笑みが浮かんでいる。彼女なりの冗談なのかもしれない。

キャリアとは、一流大学。大半は東大卒業で、第一類国家試験を突破して警視庁に配属された人を言う。

それがどのくらい希少かといえば、年間に十人から十五人しか採用されない。つまり、超狭き門を突破したスーパーエリートだ。

なんでそんなすごい人が地方にいるのかといえば、若いころに現場を知っておこうということで、配属されることがあるらしい。俗に「ドサマワリ」と言われる期間だ。

これが終わったら、中央に帰って熾烈《しれつ》な出世競争を始める。

将来、警察組織のトップに立つかもしれない人材を迎え入れる地方警察としては、いわば王子様お姫様を預かったようなものだ。下にも置かない対応になるのは自然だろう。

ちなみにキャリアの対義語であるノンキャリアと言うのは警視庁の所属ではなく、各都道府県で採用された地方公務員を言う。

キャリアとノンキャリアの争いは有名だが、高卒でⅢ類を受けようとしている龍桜には、キャリアに楯《たて》突こうなどというおこがましい気持ちはない。

キャリアと張り合うのは、地方公務員試験でⅠ類に合格した一流大学卒業のエリートたちだ。

龍桜の立場から見ると、キャリアとノンキャリアの争いなど、雲の上で行われている神々の争いといった感覚である。

そのためだろう。キャリアの人たちは、ノンキャリアのエリートたちからの嫉妬心《しっとしん》が煩《わずら》わしいため、高卒のノンキャリアを引き立てて側近として使うことが多いらしい。

「今日は折り入って、キミにお願いしたいことがあるの」

「はぁ」

キャリアに対する偏見《へんけん》はない。それどころか尊敬を感じるが、この傲慢で鼻持ちならないお姉さんの願いを聞いてやる義理はまったくなかった。

気のない返事をする龍桜など意に介さず、陽子は説明を始める。

「キミの友だちの林田かなさんから、ストーカー被害の相談が警察にあったのは知っているわね。警察としては発信者の特定をするために、プロバイダに情報開示請求をしているけど、それまでの間、彼女のボディガードをやってほしいの。学校内のことは学生に任せるのが一番でしょ」

「いや、俺、ただの学生ですよ。ボディガードと言われても困ります」

かなは友人だし、困っているというのならできるだけ力になりたいが、警察から、それも陽子から言われる謂《いわ》れはない。

「キミ、警察官希望なんでしょ。いまから経験を積んでおくのも悪くないと思うわ。もちろん、断る権利はある。善意の協力者だからね」

「それじゃ断ります」

龍桜の即答に、陽子は苦笑する。

「にべもないわね。もちろん、ただでとはいわないわ」

「バイト代をくれるんですか？」

この程度の皮肉では、鉄面皮《てつめんぴ》を突破することはできなかった。

「警察が学生を雇うなんて非合法なことはできないわ。でも、お礼として、一発ぐらいなら、やらせてあげるわよ」

「一発……やらせてくれるんですか？」

思いもかけない提案に、龍桜は陽子の体をまじまじと見てしまった。

年のころは三十歳前後。甘栗色のパーマのかかったショートヘア。白絹のような肌は、生まれてこの方、陽に当たったことがないのではないかと思えるほど白く、肉付きの薄い顔に隙のない化粧が決まっている。

スレンダーな体軀をしているから、胸は大きくなさそうだが、それでも大人の女性だ。まったくないわけではない。大半の女子高生よりはありそうだった。

パールホワイトのタイトなミニスカートから伸びる脚は、細い。ツヤツヤとして見えるのはタイツを履いているからだろうが、舐めたら甘そうである。

甘栗色の髪の下からチラリと見える耳には、ダイヤモンドと思《おぼ》しきピアス。左の手首には宝飾時計。首元には絹と思われる艶やかな赤いスカーフ、開いた胸元には金色のネックレス。まさに全身からにじみ出る、デキる女の風格だ。

（昨日会った婦警さんたちとはまた違った魅力があるな。あの二人は野生的というか、もろに牝って感じがしたけど、この人はなんというか、アンドロイドのような美しさだ。こんな女性とエッチできるの？）

ゴクリと生唾を飲む龍桜に、陽子は妖《あや》しく笑う。

「ええ、拳銃を一発撃たせてあげる」

「……そっちですか」

いっきに肩の力が抜けた。

(ですよね。俺なんかを相手にしてくれる人じゃないですよね)

昨日の婦警のお姉さんたちは、手を伸ばせばもしかしたら届くかもしれないという親近感を持てたが、この人にかんしては、絶対に無理と悟るに十分な格の差を感じた。

陽子はすべてを承知しているといいたげな顔で顎をしゃくる。

「あら、何だと思ったの？　それで一発やりたくない？」

警察官志望の少年である。幼少期から拳銃ごっこは好きだった。

(ちきしょう。人の欲しいものをきっちり把握していやがる)

悔しいが、自分では太刀打ちできない人なのだ、と改めて実感させられた。逆らえない取引に応じる。

「やりたいです」

「それじゃ行きましょう」

陽子は立ち上がる。龍桜はそれに従う。

颯爽《さっそう》と肩で風を切って歩く陽子は、県警本部を出ると、クリーム色のクラウンに乗る。どうやら覆面パトカーのようで、中に赤色灯があった。

龍桜が助手席に座っていると、県警察学校射撃場に連れていかれる。

鉄筋コンクリート構造の二階建てだ。陽子はすばやく手続きを済ませる。

そして、硝煙《しょうえん》の匂い漂う狙撃場に入った。

「さぁ、これが拳銃よ」

「おお、ニューナンブM６０!?」

五連発の回転式拳銃。日本の警察の標準装備だ。射撃台と鎖で繋《つな》がれていたが、本物ならではのずっしりとした重さに、龍桜は感動する。

「撃っていいんですか？」

「ええ、そのために来たんでしょ」

耳を守るための防音用のヘッドホンをつけた龍桜は、両手で拳銃を構えると、的《まと》に狙いを定める。

「もっと腰を落としなさい。腕をしっかりと伸ばす。反動がすごいわよ。安全装置はこうやって外す」

龍桜の背後に立った陽子に抱きかかえられながら、文字どおり手取り足取り教えられた。

「さぁ、引き金を引きなさい」

バン！

重い衝撃が両肩にきて、弾丸は上に反《そ》れた。

「あー……」

「まだ四発あるわ。残りは独りでやれるわね」

「はい」

背後から抱きついていた陽子は離れていく。

そのあと、龍桜は全弾打ち尽くした。結局、的に命中したのは二発だけである。残念ながら中央に当たることはなかった。

煙草をくぐらせながら見学していた陽子が戻ってくる。

「まぁ、こんなものでしょう。どうだった？」

「楽しかったです！」

龍桜を上手《うま》く使おうという、陽子の作戦だとはわかっているのだが、テンションは上がってしまう。

「そう、よかったわ。なら、帰りましょう。送るわ」

来るときと同じように、陽子の運転する車の助手席に乗せてもらう。

県警本部なり、駅なり、自宅なりまで送ってくれるのかと思っていたら、車はホテルの地下駐車場に停まった。

「夕食時だし、ご飯ぐらい奢ってあげるわ」

「あ、ありがとうございます」

龍桜の知る県内で一番高級なホテルであった。そのレストランに入る。

子羊のソテーなるものが出てくるコース料理を、陽子が注文してくれた。

「いいんすか？　ここ、滅茶苦茶高いんじゃ」

フォークとナイフで食事するなどという経験を、ほとんどしたことがない龍桜は腰が引けてしまう。

「わたしをだれだと思っているのよ。遠慮なく食べなさい」

「い、いただきます」

やはり高級官僚というのは、懐《ふところ》事情も庶民とは違うらしい。

陽子は完璧な作法で、優雅に食事をし、それをマネながら龍桜はおっかなびっくり料理をいただく。

美味しかったが、正直、何を食べているのかよくわからない。

「ごちそうさまでした」

「ふふ、お粗末さま。それじゃそろそろいきましょうか？」

ブラックカードで支払いを済ませた陽子は、龍桜を伴《ともな》ってエレベータに乗る。

（いやー、拳銃を撃たせてくれたうえにこんな美味しい食事をごちそうしてくれるなんて、このお姉さん意外にいい人。うん、頭いい人って、テレビや漫画だと悪役だけど、実際は優しいって言うもんな）

すっかり手懐《てなず》けられてしまった龍桜は、なにげなく階を示す電子標示をみる。

（あれ？）

駐車場のある下に向かうのかと思ったら、上がっていた。

そして、最上階で扉が開くと陽子はエレベータを降りる。

「あ、あの警視さん？」

「ついて来なさい」

「はい」

不思議に思いながらも、おっかないお姉さんについていくと、客室に入った。

大きな寝台があり、その向こうに大きなガラス窓。そこから一面の大パノラマを見ることができる。

地方都市とはいえ、県庁所在地である。なかなか美しい夜景だ。

「あの……ここは？」

戸惑う龍桜をよそに、陽子はパールホワイトのジャケットを脱いだ。

「ここまで来たら、やることは一つでしょ」

「へ？」

意味が分からず立ち尽くす龍桜の見守るなか、陽子は首元のスカーフを取り、腰のベルトを外し、タイトなミニスカートを脱いだ。

そして、菫色のドレスシャツのボタンを上からひとつずつ外していく。

見るからに高級そうな白い総レースの付いた黒いブラジャーとパンティ、黒いガーダーベルトと、それに吊るされた太腿までのブラウンのタイツ姿があらわとなる。

「……」

呆気《あっけ》に取られる龍桜の視線を楽しむように、ランジェリー姿となった陽子は反り返るような姿勢で甘栗色の頭髪を両手で掻き上げてから、寝台に乗った。

寝台の中央に腰を下ろした陽子は、ブラジャーも外す。

白い乳房があらわとなる。

決して大きくはないが、お椀《わん》型の美しい造形。そして、頂《いただき》を飾る淡《あわ》いピンク色の乳首。

（細身だし、服の上から見たらそれほど大きくないと思っていたけど、生で見ると意外と大きい。いや、そうじゃなくて、なんで服を脱いでいるの？　これじゃまるで、え、まさか……いや、でも、これって）

目の前の出来事に脳がついていかない。

硬直《こうちょく》している龍桜に向かって、両足を差し出した陽子はパンティまで抜き取ってしまった。

ガーターベルトとタイツと、そして眼鏡だけになってしまったお姉さんは、女の子座りになりながら、右手の人差し指に引っ掛けたパンティを、さながら闘牛を挑発する闘牛士のようにヒラヒラとはためかせた。

「さぁ、いらっしゃい。キミの腰の銃は飾り？」

「ほ、本当にいいんですか？」

信じがたい光景である。

龍桜は特に好きな女性はいないが、エッチをしてみたいという願望はあった。

だから、昨日知り合った婦警のお姉さんたちは、もしかしたら近いうちにやらせてくれるかもしれないという、期待と願望で胸を膨らませていたものだ。

しかし、陽子に対しては、そんな期待を露《つゆ》ほどもいだいていなかった。自分のような小僧を相手にしてくれるとは夢にも思えなかったのだ。

しかるに、その無理めに感じていたお姉さんがいま、寝台の上で半裸になり、自分を誘惑している。

（クールで知的なお姉さんだと思ったのに、こんなエチエチお姉さんだったなんて）

予想外の展開に脳がついていかずに喘《あえ》いでいる少年に向かって、陽子は両膝を曲げると腰をあげた。

「本当もなにも、的はここよ」

右手を淡い陰毛の茂る股間に伸ばした陽子は、人差し指と中指を肉裂の左右に置いて、V字に開いた。

くぱぁっと鮮紅色の媚肉があらわとなり、龍桜の目を焼く。

しかし、若干、距離があるためによく見えない。凝視してしまっている龍桜を、陽子は煽《あお》る。

「わたしにムカついているんでしょ。いいわよ、キミの自慢の銃を使って、わたしをぎゃふんといわせてみなさい。ふふ、できるものならね」

「い、いいましたね」

童貞の龍桜だが、ネット等の情報で少しは知識を持っている。

（たしか生意気な女をセックスで滅茶苦茶、感じさせてやるのを、「わからせ」って言うんだよな。いいぜ、この偉そうなお姉さんのプライドをズタズタになるまでわからせてやる）

奮《ふる》い立った龍桜は、大急ぎで学生服を脱ぎ捨てた。

男根は臍に届かんばかりに反り返っている。いまなら警棒と打ち合っても勝てそうな勢いだ。

素っ裸となった龍桜は騎虎《きこ》の勢いで、媚態をさらすお姉さんのいる寝台に飛び乗った。

鼻息荒く這《は》いよる少年に、くぱぁをしているお姉さんは左手で眼鏡を整えながら質問する。

「オマ×コを見たのは初めて？」

「は、はい」

「見たいのなら、好きなだけ見せてあげるわ」

嗜虐的な笑みで舌舐めずりをした陽子は、自らの尻の左右から手を回すと、肉裂をぐいっと開いてみせた。

（あ、中に穴がある。あそこがおち×ちんを入れるところか）

思わず至近距離から凝視してしまう龍桜に向かって、くぱぁ中のお姉さまは熱い吐息を吐く。

「驚いている？　オマ×コというのは実は、けっこう広がるのよ。最終的に赤ちゃんが通るんだから当然よね」

「な、なるほど……」

相手の意図《いと》どおりに踊らされるのは癪《しゃく》に障るが、好奇心は抑えがたい。初めて見る女性器を龍桜は食い入るように見つめてしまった。

（うわ、オマ×コってこんなふうになっていたんだ。なんかすげぇ生々しい）

サイボーグのような美貌を誇るお姉さんである。真っ白い肌とは裏腹な、赤い肉は想像できなかった。

不思議なものを見るかのように見惚《みと》れている龍桜に、視姦されている陽子は満足げに微笑する。

「ふふ、説明してあげるわ。ここの突起がクリトリス。聞いたことがあるでしょ。女のもっとも感じる場所よ。その下にあるのが尿道口ね。女のおしっこはここから出るの。そして、さらに下にある大きな穴が膣口。おち×ちんはここに入れるのよ」

膣穴はパクパクと物欲しそうに開閉していた。まさに誘っているようだ。

（ここにおち×ちんを入れるのか。入れたら気持ちいいんだろうな）

見ているうちに我慢ならなくなった。獣欲に支配された龍桜は、太腿の半ばまでのストッキングとそれを留めるガーターベルトに包まれた陽子の細く長い両足の太腿の裏を押さえて、大開脚させる。そして、淡い陰毛の覆われた股間に向かって腰を下ろした。

直後に鼻の頭を指で弾かれる。

「イタ」

驚き顔を上げると、眼鏡越しに陽子はジト目で睨んでくる。

「なにいきなり入れようとしているの？」

「え、でもいいって……」

やらせてくれると、言ったじゃないですか？

という声を呑み込んで困惑する童貞少年の顔を見つつ、陽子は呆れたといった顔で溜息をつく。

「前戯の仕方も知らないの。これだから童貞は」

「あ、ああ……そ、そうですよね。すいません。お、おっぱいに触らせてもらいます」

パン！

慌てて乳房に伸ばそうとした龍桜の手は叩かれる。

「まずキスから始めるものよ。これは最低限のお約束」

「あ、はい」

興奮しすぎて自分でも訳がわからなくなっている龍桜は言われるがままに、陽子の頭の左右のシーツに両手を置き、恐るおそる顔を下ろした。

眼鏡をかけたお姉さまの、クールな眼差《まなざ》しに見つめられてやりづらい。躊躇《ためら》っていると、陽子の両手に頭を抱かれた。

そして、レンズの向こうの瞳が閉じられる。

むにゅ……。

柔らかい肉の感触が唇に触れた。

（あ、これがキスか……）

ただ唇を触れ合わせただけなのに、不思議な多幸感がある。

しかし、それでは収まらなかった。

龍桜の頭を抱いた陽子は、唇を開いて舌を出すと唇を舐めてきた。

（え……）

驚いた龍桜であったが、負けじと唇を開いて舌を出す。

男と女の舌が絡み合う。

「ん、うん、うん……」

陽子はさらに、龍桜の前歯を舐め、上顎を舐めた。

ゾクリ……。

思いがけない気持ちよさに、龍桜は震えた。

そうやって少年の口内を存分に凌辱したお姉さんは、ようやく唇を離す。

「ふぅ」

新鮮な空気を求めて喘ぐ少年の顔を至近距離から眺めて、陽子は小首を傾《かし》げる。

「ファーストキス？」

「はい、警視」

龍桜が認めると、陽子は苦笑する。

「これからセックスを楽しもうというのに、その呼称《こしょう》では色気がなさすぎるわ。言い直しなさい」

「えーと、それじゃ、陽子さん」

「うふふ、まぁ、いいでしょ。わたしが女の抱き方を教えてあげるわ。さぁ、次は首回りにキスをして」

嬉しそうに頷いた陽子は、挟んでいた龍桜の頭から手を離した。

自由を得た龍桜は言われたとおり、陽子の首回りや細い鎖骨のくぼみに接吻を送り返す。

「ああ、これをネッキングって言うのよ。女はこうやって少しずつ感じていくの」

「な、なるほど」

白絹のような肌に、力を込めたらポキンと折れてしまいそうな鎖骨の細さなどに驚きつつも、龍桜は興奮して接吻の雨を降らせた。

「うふふ、次は腋の下よ」

年下の男に夢中になって求められるのは女として悪くない気分なのだろうか。満足げな陽子は左腕をあげた。そのあらわとなった白い腋窩《えきか》に、龍桜は顔を埋める。

毛の一本もない。それどころか毛根のあとも感じないツルツルの柔らかい腋の下だった。

(あ、陽子さんの汗の匂いがする)

アンドロイドのように非人間的に思えた陽子も、生身の人間なのだと認識させてくれた。

女の汗の匂いに酔った龍桜は、命じられてもいないのに右の腋窩にも顔を埋めて夢中になって舐めた。

それを受け止める陽子は気持ちよさそうだが、同時にくすぐったかったようで笑《しょう》声《せい》をあげる。

「あはは、そろそろおっぱいに触ってもいいわよ」

「あ、はい」

腋の下から顔を上げた龍桜は、眼下の二つの白い山を見つめる。

決して大きくはないと思う。そのうえ仰《あお》向《む》けになっていることで、柔らかい肉が脇に流れてしまって、高さが目減りしているようだ。

しかし、美しいと思った。

(なんて綺麗なおっぱいなんだ……白い肌に碧《あお》い静脈が透けて見える)

慎重に扱わないと壊れてしまうかのような不安を感じた龍桜は、恐るおそる両手を伸ばし、左右の乳房に添えた。

(おお、柔らかい。プリン、いや、ゼリーみたいだ。すげぇおっぱいってこんな触り心地なんだ)

慎重に撫で回す龍桜の触り方に、陽子は苦笑して促す。

「もう少し大胆に触ってもいいわよ。それからおっぱいに触るときには、乳首にも触れなさい。女は乳首で感じるんだから」

「りょ、了解しました」

言われたとおり白い肉山を裾のから大胆に握ってみた。そして、左右の人差し指で、慎重に赤い乳首に触れる。

(コリコリしている。これって乳首が勃起している状態っていうのかな？)

女が感じると乳首が勃つという情報は聞いたことがあった。

ゼリーのように柔らかい肉山の中にあって、乳首はコリコリとしたグミのようだ。

「あの、ここ、舐めてもいいですか？」

「いいわよ。舐めるなり、しゃぶるなり、吸い上げるなり、好きになさい」

左頬に左の拳を当てて、余裕ぶった態度をとった陽子は、クールに許可を出してくれた。

そこで龍桜は乳首に向かって舌を伸ばす。そして、ペロリと舐めた。

「あん」

どこまでも偉そうな陽子が顎を上げ、甘い声を漏らした。

それに勇気を得た龍桜は、柔らかい肉山の土台を手で抑えながら先端に咲く桜の花びらの如《ごと》き乳首をペロペロと舐め回す。

すると、ピコンと乳頭が勃然《ぼつぜん》と伸びたような気がする。

（あ、さらに勃起した）

嬉しくなった龍桜は、左の乳首を口に含んで、チューと吸引してみた。口内で乳頭がさらに伸びた気がする。

母乳は出なかった。特に何の液体も出ない。出てないはずなのに、なにか男を興奮させる謎の物質が出ているかのようだ。

龍桜が夢中になって乳首を吸っていると、陽子は眼鏡の奥で眉を顰《ひそ》めた。

「んん、こら、強く吸いすぎ」

「すいません」

慌てた龍桜が乳首から口を離すと、さらに怒られた。

「吸ってダメとは言っていないわ。加減を覚えなさいと言ったの。ほら、おっぱいはもう一つあるのよ。二つを交互に吸ってちょうだい」

左の乳首を男の唾液で濡らしたお姉さんは、右の乳首を指し示した。

龍桜は、即座に右の乳首に吸いつく。たちまち、こちらの乳首も口内で硬く突起して伸びてきた。

「うふふ、おっぱいが好きだなんて、まだまだお子様ね。あぁ、咥えてないほうの乳首は、指で摘まんで扱きなさい」

嘲笑しながらも指示してくるお姉さんに教えられたとおり、童貞少年は左の乳首を指で摘まんで扱いた。さらに口に含んだ乳頭を舌で転がす。

「ああ……、そう、そんな感じ、舌で舐《ねぶ》り回すのよ」

あの意地悪なお姉さんが、気持ちよさそうな声をあげてくれている。嬉しくなった龍桜は、口に含んだ乳首を舌で転がしつつ、もう一方の乳首を指で扱く。

これを左右交代で繰り返した。

「あ、ああ、ああ……」

若い男に執拗《しつよう》に両の乳房を貪《むさぼ》られたお姉さんは、両腕を頭上に投げ出して、気持ちよさそうに喘いでくれる。

その姿がとても艶やかに見えて、龍桜は時間を忘れて乳首で遊んでいた。

しかし、不意に頭を押さえられ止められる。

「そろそろ乳首はいいでしょ。そのままもっと下に舐め下ろしていきなさい」

けだるげに命じる陽子の姿は、とても退廃《たいはい》的で色っぽかった。

もっと乳首で遊んでいたいという欲求は強烈にあったのだが、煽情《せんじょう》的なお姉さんの要求に逆らえるはずもなく、龍桜はただちに言われたとおりに顔を下ろした。白い鳩尾《みぞおち》から白い腹部に顔を埋める。

先ほど食べた子羊のソテーのコース料理が入っているとは思えぬ薄い腹だ。

さらに、まん丸い臍に舌を入れて舐める。

「あはは、くすぐったいわ。そこを舐めても、女は感じないわよ」

「でも、俺、陽子さんの体、いろいろ触りたいです」

「まぁ、いいわよ。好きなだけ触りなさい」

目を細めた陽子に許可をもらった龍桜は、その臍を思う存分に舐めた。それからやはり、次なる目標への欲望は抑えられず、さらに下に顔を下ろす。

黒いガーターベルトに飾られた下腹部を通り、左右の吊り紐と繋がったブラウンのストッキング。その狭間《はざま》に淡い陰毛に覆われた陰阜《いんぷ》があった。

(これじゃ、よく見えない)

欲望に負けた龍桜は細く長い脚を持ってV字に開かせた。

「あん」

いわゆるマングリ返しと言う、女にとって恥ずかしいポーズを取らされた陽子は、小さく悲鳴をあげだが、止めはしなかった。

それをいいことに龍桜は、左右の親指で肉裂を開く。

トロ……。

中に溜まっていた液体が溢《あふ》れて、肛門に流れた。

(すげぇ、さっきとぜんぜん違う。ビショビショだ)

前戯をしたことで、濡れだしたということだろう。陽子の言うとおりにしてよかったと安堵が胸の底から湧《わ》いてくる。

(これってマン汁ってやつだよな。女が感じると出てくるってやつ。たしか愛液とか愛蜜とか言う。どんな味がするんだろう。蜜って言うからには、すげぇ甘いんだろうか)

いますぐ思いっきり舐めしゃぶりたいという欲望は強烈であったが、勝手なことをすると怒られると思い、恐るおそる陽子の顔を窺《うかが》う。

「あの……ここも舐めていいんですよね」

両足の間から顔を出したお姉さんは、右手で眼鏡を整えながらニヤリと笑った。

「ええ、よく舐めなさい。ペロペロと犬のように、ね」

どSなお姉さんの命令に従って、龍桜は女の湖に顔を埋める。

そして、チューーッと啜《すす》った。

「ああ……」

陽子が官能的な声をあげて、のけぞる。

(これがオマ×コの味!?)

事前知識とは違い、甘くはなかった。少ししょっぱくて酸っぱいだけだ。舌はそう判断したのだが、脳は違った。

(なにこれ、すげぇ美味い。本当に蜜みたいだ)

綺麗なお姉さんの体液の味に夢中になった龍桜は、飢えた犬が餌を漁るが如き勢いで、女の媚肉にかかった液体を舐めしゃぶった。

そうしながら不意に閃《ひらめ》く。

(あ、そういえば聞いたことがある。オマ×コを舐めることをクンニって言って、女の人がすげぇ気持ちよくなれるって)

自分はこれだけ舐めているのだ。陽子も当然、感じてくれているだろう。

(あのインテリぶった顔が、気持ちよく歪んでいるさまを見てみたい)

そんな願望に捕らわれた龍桜は、女性器を貪りつつ視線を上げた。

「……」

眼鏡の向こうで、陽子は冷めた目で見下ろしている。

視線が合って硬直する龍桜に向かって、陽子は右手で眼鏡を整えながら口を開く。

「ぜんぜんダメね。クンニリングスというのは、ただ舐めればいいというものではないのよ。女が感じる場所をまったくわかっていないわ」

委縮《いしゅく》した龍桜は、慌ててお窺いを立てる。

「あ、あのどうすれば、いいでしょうか？」

「教えたでしょ。女のもっとも感じる場所はクリトリスよ。キミ、そこにまったく触れてないの、わかっている？」

「すいません」

龍桜は慌てて舐める場所を変えた。

薄皮に包まれた突起を、舌先で一生懸命に舐める。

「あん、そこは女の急所なんだから丁寧に扱いなさいよ。あん、こら舌は前後に動かすよりも、クリトリスを舌先に乗せて、左右に転がすように舐める」

「はい」

龍桜は言われたとおり、舌を動かす。

「あ、いいわ、そんな、感じ、あん……あん……あん……」

指示に従っていると、陽子は気持ちよさそうな喘ぎ声を出してくれた。

白かった顔も、紅潮してきている。

(あ、陽子さん、感じてくれているんだ)

龍桜が嬉しくなって舌を動かしていると、陽子はのけぞりながらさらなる指示を出す。

「膣穴に指を入れてみて」

その肉穴には龍桜も興味はあった。しかし、指を入れてはいけない気がして遠慮していたのだ。

(ほ、本当に入れていいの？　ここって神聖な場所だと思うんだけど……)

内心で不安に思いながらも、いったん顔を上げた龍桜は右手の人差し指を膣穴の入り口に添え、恐るおそる押し込んだ。

ズボリ……。

指はあっさりと膣穴に呑み込まれた。

(温かい。それにヌルヌル。あ、なんかザラザラしている。これが襞ってやつか。うわ、ここにおち×ちん入れたら気持ちいいんだろうな)

初めて体験する女性の体内を探るように指で弄っていると、すぐに最深部に届いた。

コリコリとしたシコリのような丸いものがあり、真ん中がくぼんでいる。

（なんだ、これ？）

不思議に思いながら押していると、陽子が喘ぎながら答える。

「い、いま、キミが触れているのが子宮口よ。そこをおち×ちんの先でズンズン突かれたら、女はヒーヒー鳴くわ。そして、そこに向かって射精されたら、女は妊娠するの」

（へー、ここが的ということだな）

女性の秘密がまた一つわかって嬉しくなった龍桜が、子宮口を弄り回していると、陽子がさらなる命令をする。

「女の感じる場所をもう一つ教えてあげるわ。指の腹を上に向けて、わたしの腹の裏を撫で上げなさい。入口の近く、クリトリスの裏あたり、少しぷくっとしたところがあるでしょ。そう、そこ、そこがGスポットと言うやつよ。あとは適当にわたしが教えてあげたことを応用させれば、女は気持ちよくなってイクわ」

懇切《こんせつ》丁寧に教えてくれる陽子の指示に従って、龍桜は陰核を舌先で高速回転させながら、膣洞に指マンを施した。

クチュクチュクチュクチュ……。

卑猥な水音があたりに響き渡る。

「あ、いい、いいわ、そこ、いいわ、もっと、もっと。もっと舌を高速で動かしなさい。指もいい感じよ。そう、そこがいいの、女はそこで感じるのよ、ああ」

クールなお姉さんの顔が、だんだんと崩れてきた。

(すげぇ、あの陽子さんが気持ちよさそうな顔になっている)

女が感じている表情を見るのは楽しい。まして、陽子のような気位の高いお姉さんが、感じてくれていると思うと、嬉しくなって龍桜は、舌が疲れて痙攣《けいれん》を起こすまで舐めた。

「ああ、ああーーーッ！」

ひときわ甲高《かんだか》い牝声を張り上げた陽子は、白く細い裸身を激しく痙攣させた。

膣内に入れていた指もキュッキュッと締められる。

やがて膨らんでいた陰核が小さくなり、締めていた膣洞も緩《ゆる》んだところで、龍桜は膣穴から愛液の滴《したた》る指を抜き、恐るおそるお窺いを立てる。

「あの、陽子さん、もしかして……イッたの？」

先ほどまで傲慢だった陽子が、恥ずかしそうにはにかみながら応じた。

「ええ、イッたわ。もう準備は完了よ。キミの銃を撃ち込んで」

「は、はい」

龍桜の逸物は、ギンギンに勃起しているだけではなく、先走りの液がダラダラとはしたないほどに滴っていた。

それを見て、陽子は失笑する。

「うふふ、すごいわね」

笑われているのはわかっても、獣欲は抑えられない。

陽子の両足を、左右の肩に担いだ龍桜は、いきり勃つ男根を濡れぬれの女性器に近づける。

しかし、興奮で視野が狭窄《きょうさく》して、距離感もわからなくなった。目の前に入れるべき肉穴はあるのに、男根の切っ先が滑る。

何度やっても上手く入らない。

(あれ、おかしいな。もう一度。なんで入らないんだ)

焦ってイヤな汗をかいていると、すっと上から繊手を添えられる。

顔を上げると、陽子は卑猥な舌舐めずりをした。

「ここよ。撃ち込みなさい」

「い、いきます」

ぐいっと腰を進めると、今度こそ亀頭が膣穴に入った。そして、そこから一気に沈む。

ブズッ！

氷の美貌を誇るお姉さんであったが、膣洞はとっても暖かかった。

（ヤバイ、なにこれ、滅茶苦茶気持ちいい）

気づいたときには、亀頭部が子宮口にぶち当たっていた。

「あん、おっきい！」

ブラウンのタイツに包まれた脹脛《ふくらはぎ》で龍桜の頬を挟んだ陽子がのけぞって、牝声を張り上げてくれた。

その直後である。

「あっ」

ドビュドビュドビュ……。

気づいたときには男根は暴発していた。

射精が終わったところで恐るおそる顔を上げると、眼鏡のレンズの向こうから冷めた目が見つめ返してくる。

「もう出したの？」

「すいません」

入れたと同時に射精である。男としていたたまれない。

涙目になってしまった少年の肩からブラウンのタイツに包まれた足を下ろした陽子は、その肩を抱き寄せて耳元で甘く囁く。

「まだできるでしょ。頑張りなさい」

射精した直後の男根を、膣内でキューッと締められた。

「はぅ、は、はい。できます！　できますから、やらせてください！」

勇《いさ》んだ龍桜は、陽子の上に覆いかぶさり、夢中になって腰を動かした。

グチュグチュグチュ……。

男根が出入りするたびに、膣内で精液と愛液がこね回されて、卑猥な音が響き渡る。

(うわ、ヤバ、やっぱりすげぇ気持ちいい。暖かい蜜に包まれておち×ちんが溶けてなくなりそう)

初めての体験に龍桜は、夢中になって腰を使っていたが、油断すると男根が膣穴からすっぽ抜けそうになる。

慌てて腰の動きを弱めようとしたら、陽子が両腕両足で龍桜の体に抱きついてきた。

「いいわ、もっと、もっと激しく、思いっきり腰を使いなさい」

「は、はい」

迫力に負けて龍桜は、落とした腰の速度を再び上げた。

「もっとよ、もっと、思いっきり！」

女郎蜘蛛が捕らえた虫を捕食するかのように、陽子の両足が龍桜の尻に絡みついている。おかげでどんなに腰を無茶苦茶に動かしても決して外れないという安心感を持てた龍桜は、力の限り突貫《とっかん》した。胸板で双乳が潰れている感触がまた気持ちいい。

男根の切っ先が、ドスンドスンと容赦なく女の最深部を突く。

「ああ、いい、いいわ、激しい。こんな激しいの初めて、もっとちょうだい！　あっ！　あっ！　あっ！　あっ！」

淫乱お姉さんに煽られて、龍桜は死ぬ気で腰をガンガンと叩きつけた。

亀頭は子宮口を突破しそうであったし、女と男の恥骨が砕けんばかりに打ち合わされる。

「ああ、いい！　いい！　いい！　気持ちいい！　気持ちいい！　気持ちいい！」

あの傲慢なお姉さんが顎を上げて、反り返っている。

自分の男根で美人が感じてくれている姿を見るのは、とても嬉しかった。だから、腰遣いを限界まで速めたが、そんな勢いで腰を振っていたら、初体験中の少年が長持ちするはずがない。

ドビュドビュドヒュ……！！！

あっという間に再び射精してしまった。しかし、射精しても男根は小さくならない。龍桜の興奮も収まらなかった。そこで射精しても関係なく腰を使いつづける。

「ひぃ、すごい、若いってすごい、もっとよ、もっと、もっといっぱい出しなさい」

獣と堕した牡を抱きしめて、陽子は喜ぶ。

煽られつづけた龍桜は、気づいたら五連発していた。

「はぁ……はぁ……はぁ……」

さすがに疲れて息が上がった龍桜は、腰の動きを止めた。それを陽子は冷めた眼差しで見つめてくる。

「どうしたの、わたしをわからせたかったんじゃないの？」

「も、もう、体力的に限界……です」

汗だくになって荒い息をしている龍桜の体から四肢を離した陽子は、右手で眼鏡を整える。

「キミのおち×ちん、フルオートみたいね」

「すいません」

陽子も楽しんでくれていたとは思うが、盛り上がりきる前に龍桜が射精を繰り返すものだから、欲求不満なのだろう。

(くー、こんなの惨《みじ》めすぎる)

早漏ゆえに女性を満足させられなかったのだ。慙愧《ざんき》にたえない。

「もういいわ。わたしが上になって動いてあげる」

早漏少年に業《ごう》を煮やしたお姉さんは、龍桜を仰向けに押し倒すと、自らは女郎蜘蛛のように四つ足をつく。

「え⁉」

驚く龍桜を見下ろしつつ、眼鏡のお姉さんは舌舐めずりをする。

「うふふ、若いってすごいわね。あんなに出したのに、まだまだ元気じゃない。いくわよ」

(ひぃーーー食べられる)

女に組み敷かれた龍桜は悲鳴をあげて逃げたかったが、そんなことができるはずもない。

淫乱お姉さんの荒腰が始まった。

白いお椀型の乳房を振り回しながら行われた騎乗位。その腰遣いはまさに「釘打ちピストン」だった。

（うおー、ち×ちんの頭が打ち据《す》えられる。というか、引っこ抜かれそう。こんなの気持ちよすぎる。また出る！　いや、我慢しないと、いや、やっぱ気持ちよすぎる。出ちゃう！　出ちゃう！　と、止まらない！）

淫乱痴女に腰を振られた龍桜は、必死に我慢しようとしたが、悶絶の果てに絞り取られた。

またも無様《ぶざま》に暴発させて恥じ入る少年を、どSなお姉さんは楽しげに嬲《なぶ》ってくる。

「またなの？　立派なのは見てくれだけで、なんてだらしないおち×ちんなのかしら？」

「ごめんなさい」

「でも、何度出しても小さくならないのはいいわ。今度はこっち」

陽子は男根を咥えたまま体の向きを百八十度回頭。白い小尻を龍桜に向かって差し出してくる。

小さくとも滑らかな曲線がなんとも言えない色気を醸《かも》し出している桃尻だ。それも白桃のようで、齧《かじ》りついたら甘い果汁が滴ってくるように思える。

「あ、あの……陽子さん何回するんですか？」

「わたしが満足するまで、よ」

左肩越しに背後を見下ろして、ニヤリと笑ったお姉さんは、再び腰を振るう。

グチュグチュグチュ……。

男根が入るたびに、膣穴から白濁液が溢れ、男根が抜けるたびに、膣穴から白濁液が掻き出される。

それだけで卑猥だというのに、さらに龍桜の視界からは、陽子の肛門が見えた。

（うわ、お尻の穴が丸見え、すげぇヒクヒクしている。イヤらしい）

こうして龍桜は、一晩かけて陽子に徹底的に絞りつくされた。

最終的に何発出したか、龍桜には記憶になかったが、気づいたときには終わっていた。

「あらあら、残弾が空になったみたいね。おち×ちん小さくなっちゃった。こうなったら、もうおしまいね」

「す、すいません……」

あまりにも惨めで、龍桜は涙目を逸らしながら謝罪した。

「まぁ、こんなものでしょ」

陽子は腰を上げ、小さくなった逸物を抜いた。

どぷっ！　ダラダラダラ……。

膣穴から白濁液が、滝のように流れ落ちた。

「こんなに濃いものを好き勝手に中出ししてくれて……うふふ、わたしを妊娠させるつもり？」

いまさらながら、妊娠の可能性に思い立った龍桜は青くなった。

「すいません。でも、俺……その」

「安心なさい。キミに責任を取れなんていわないわよ。第一、責任なんて取れないでしょ」

「はい……」

安堵の溜息をつく龍桜の頬を、陽子は突っつく。

「責任取る気もない女に中出しするなんて、最低男のやることよ」

「今後、気をつけます」

肩を竦めた陽子は、枕を背もたれにした姿勢で寛《くつろ》ぐ。

わからせてやろうと張りきっていたのに、終わってみれば、完全敗北。惨めなまでに縮こまっている逸物を見られるのが気恥ずかしく、龍桜は両太腿で挟んで身を横にして丸まった。

その頭を陽子が叩く。

「こら、男は出しきったら満足なんでしょうけど、女は違うの。もう少し抱きついておっぱいとかを優しく触っていなさい。これを後戯と言ってね。女は余韻《よいん》を楽しめて、次も身を任せてもいいか、という気分になるわ」

「こ、こうですか？」

龍桜は言われたとおり、白い乳房を手に取る。

「そう、それでいいわ」

少年に乳房を揉ませながら陽子は煙草を取り寄せると、夜景を横目に一服する。

「ふぅ」

右手で煙草をくゆらせながら陽子は、左手で乳房に取りつく龍桜の頭髪を撫でてくる。

愛玩動物のように扱われ、龍桜は男としての矜持《きょうじ》を完全に砕かれた。まるで牝にされてしまったような気分だ。

(滅茶苦茶気持ちよかったけど、なんだこの喪失感)

もともと勝てない女性だということはわかっていたが、セックスでも格の違いを見せつけられた形だ。

「それじゃ、林田かなの護衛、頼んだわよ。その代わり週に一回ぐらいは相手をしてあげるわ」

「……はい」

「あ、そうだ」

咥え煙草のまま高級そうな財布を取り寄せた陽子は、中から千円札を二枚ほど取り出して、龍桜の鼻先に投げる。

「必要経費よ。これで足りるでしょ。足りなくなったらいいなさい」

金を渡されたことで、龍桜の敗北感は決定的になった。

童貞を金で買われたような惨めさだ。

大人の女性に童貞を凌辱された少年は、形のいい乳房に顔を埋めながら目から涙が出た。

第三章　秘蜜の尾行捜査

「それじゃ護衛、よろしくね。本上くん」

校内での昼休み、ご当地アイドルをしている林田かなが、楽しそうに確認してくる。

「はいはい。頑張ります」

本上龍桜は、やる気なく応じた。

恐ろしいキャリア警察官、浦田陽子からの依頼を断れるはずもなく、龍桜はかなの学校内での護衛をすることになった。

それを伝えられたかなは、朝から龍桜を連れ回して楽しんでいる。

休み時間のたびに龍桜を引き連れて、無駄に学校内をうろうろ。それに付き合わされる龍桜としてはたまったものではない。

なにしろ、ご当地アイドルなどやっているかなは、校内に知らぬ者とていないような有名人だ。

そんなキュートな美少女が、男子を引き連れて歩いているのだ。無駄な注目を浴びている。

（みんなのやっかみの視線が痛い。なんでこんなことに……俺は清く正しく生きたいだけの公務員志向の凡人だぞ）

自分とは対極にいる少女と行動を共にすることに、精神的な疲労を感じて、額を押さえる龍桜に、小柄なかなが大きな瞳で質問してきた。

「ねぇ、トイレにもついてくるの？」

「外で待っている」

即答する龍桜に、かなは小悪魔的に笑う。

「それじゃ、個室の外で待っていてね」

「え、おい」

「だって独りだと怖いしぃ……」

両の手のひらを合わせたかなは、潤《うる》んだ瞳で上目遣いに見上げてくる。

（絶対に演技だ）

と龍桜は看破《かんぱ》したが、そのあざとい表情がかわいいから、ずるい。

＊

「はぁ〜、最近の俺、女に振り回されているよな」

異様《いよう》に疲れる学校生活を終えた龍桜が、田舎道を歩いて帰路に着いていると、ミニパトに行く手を塞《ふさ》がれた。

「!?」

驚く龍桜の前で、ミニパトの助手席の扉が開き、婦警の制服を内から破りそうな健康ムチムチお姉さんが出てきた。

黄金の警察章の輝く藍色の制帽から零《こぼ》れる赤茶けた短髪。肩章付きの水色の長袖ワイシャツに、藍色のネクタイ。緑の腕章。下半身に目を向ければ、今日は珍しくスカートだ。その下に白いタイツを穿いている。

「龍桜くん、いいところで会ったわ」

「綾姉、何ですか？」

実家が近所のお姉さん。いまは新米婦警をしている椎名綾だ。

愛嬌の感じられる丸い狸顔で、肩幅があり、前後の厚みがある。双乳は大きく、腰はくびれているのに、臀部はスカートを内圧で破りそうなほどにパッツンパッツンだ。

スタイル抜群すぎて、AVの企画もののセクシー女優さんに見える本物の婦警さんは、ニヤニヤとした笑顔を浮かべていた。

それを見ただけでイヤな予感がした龍桜は、回れ右をして逃げたくなったが、綾は委細かまわず腕を引いた。

「いいから乗って」

「はぁ」

有無を言わさずにミニパトの後部座席に押し込まれてしまった。

龍桜は生まれて初めてパトカーに乗ったが、ミニというだけあって車内は狭い。

助手席に戻った綾が叫ぶ。

「先輩、無事確保しました」

「よくやったわ。出発」

運転席に座っていた長い黒髪を首の後ろで縛った婦警さんが、ミニパトを発進させる。

龍桜の剣道部のOG、遠藤和佳奈だ。

こちらは細面の綺麗系お姉さんである。警察官のポスターに採用されそうな正統派の美人婦警だ。

彼女も今日はスカートのようである。その下に黒いタイツを穿いていた。

(どこに連れていかれるのかわからないけど、これって拉致《らち》っていいわね?)

困惑した龍桜であったが、この婦警さんたちに逆らっても勝てる気がしないので、流れに任せる。

やがてミニパトは、人気《ひとけ》のない雑木林の中に入って止まった。

和佳奈が車のエンジンを切る。

「よし、ここならだれも来ないわね」

「はい、死体を埋めてもわからないと思います」

綾の物騒な冗談を、龍桜は乾いた笑いで受け流す。

婦警二人はいったんミニパトから降りると、後部座席の左右から乗ってきた。

右から細面の和佳奈、左から丸顔の綾である。

たたでさえ狭いミニパトの、さらに狭い後部座席に三人の男女が入ったのだ。ギューギュー詰めである。

逃げ場のない龍桜の左右の二の腕をロケットおっぱいと肉まんおっぱいに、腰の左右をミニスカートに包まれた臀部に、太腿を黒タイツと白タイツに包まれた太腿で挟まれた。

「実は、本上にお願いがあるの」

龍桜の右肩に、大きなロケットおっぱいを押し付けた和佳奈が、至近距離から懇願してきた。

「な、何ですか？」

剣道部の後輩を特訓するためにやってくるときは、凛々《りり》しくも無骨《ぶこつ》なお姉さんだと思っていたのだが、あからさまに女の武器を利用してくる。

嫌な予感がいや増すしかない。

「龍桜くん、先輩のお願いを聞いてあげて」

大きな肉まんおっぱいを左肩に押し付けてきながら、綾もわざとらしい甘い声で懇願してくる。

「だから、何ですか？」

魅力的なお姉さまたちによるパーフェクトホールドが決められた時点で、どんな男でも断れないだろう。龍桜もまた、このあと、どんな無理難題がきても受け止める覚悟を決めた。

その右の耳元で、和佳奈が魅惑的な低音で囁いてくる。

「頼みというのは他でもない。わたしと付き合ってくれ」

「はぁ!?」

完全に意表を突かれた龍桜は、思わず和佳奈の顔をマジマジと見た。

派出所の掲示板に張られている婦警のポスターのモデルのような美人お姉さんである。

嫌いではない。はっきり言って外見は好みだ。

しかし、中身は「鬼の遠藤」と呼ばれ、剣道部の後輩たちをバッタバッタと切り捨てる猛者。女剣士の鑑のような人だ。

「え、その……たしかに、遠藤先輩すごい魅力的で、嫌いじゃないですけど、いきなり付き合えと言われてもですね」

動揺しまくる龍桜の頭を、背後から綾が叩く。

「こら、先輩が言っている付き合えは、そういう意味じゃないから」

和佳奈もまた自分の言い方が悪かったと思ったらしく、顔を赤くして言い訳する。

「バ、バカ、勘違いするな。別に結婚を前提にして付き合えとか、そういう意味ではないからな」

「はぁ」

困惑する龍桜の視線のなか、和佳奈は照れくさそうに、黒いストッキングに包まれた太腿をモジモジとこすり合わせる。

「実はわたし、その……刑事課志望なんだ」

「はぁ、テレビドラマの花形ですしね」

和佳奈の気持ちはわからないでもない。警察官を志す人の中で、刑事になりたい人は多いだろう。

もっとも、龍桜にはそんな志《こころざし》はない。

田舎の交番勤務のお巡りさんとして、のんびりと一生を送りたいと考えている。

「でね。今度、パパ活の大規模な捜査が行われる予定で、所轄《しょかつ》にも応援を要請されている。それにわたしも行こうと思っているんだ」

「行けばいいんじゃないですか?」

適当な相槌《あいづち》を打つ龍桜の背後から、綾が口を挟んできた。

「浦田警視、覚えている? 龍桜くんのおち×ちんを剥いた、あのいけ好かないオバサン」

「そ、それは覚えている」

あのあと童貞まで食われて、いまや完全な手下である。しかし、このお姉さんたちにそこまで話す必要はないだろう。格好悪すぎる。

また、本人の言によると、まだ二十代だそうだから、オバサン呼びは可哀そうだと思うな、と心の中で弁護する。

「あのオバサンが条件を付けてきたのよ。所轄の婦警なんて役に立たないから、参加するならアベックを装えってね」

「はぁ、まぁたしかに一人で歩いているよりも警戒されないですよね」

和佳奈は我が意を得たりといった顔で頷く。

「そこで、本上に恋人役をお願いしたいのよ」

「お、俺が、遠藤先輩の恋人役ですか？」

「他に頼める男の知り合いがいないのよ。お願い」

和佳奈が両手を合わせる。

「俺、そういうのはちょっと……」

話を聞いたかぎり、現場を仕切っているのは、陽子のようである。

かなの護衛という任務を与えている龍桜が、他の現場に顔を出したら、いい顔をしないだろう。

「えぇ、なんでぇ。先輩、困っているんだよ、協力してあげてよ」

渋る龍桜の左手を取った綾は、自らのスカートから伸びる白いタイツに包まれたムチムチの太腿に置いた。

「ねぇ、お願い。またちょっとぐらいなら触ってもいいわよ」

「えっ」

「こらこら、椎名。わたしがお願いしているんだから、わたしから触らせるのが筋でしょ」

硬直する龍桜の右手を取った和佳奈は、自らの黒タイツに包まれた太腿に置いた。

「い、いいんですか？」

生唾を飲む龍桜の左の耳元で、綾が悪戯《いたずら》っぽく囁く。

「龍桜くんが喜んでくれるかなって思って、わざわざスカートにしてきたんだよ」

外回りの婦警さんは肉体労働であるから、動きやすいズボンが基本だ。スカートを履くのは、事務方の人と、あとは小学校などに交通安全の指導にいくときに見栄《みば》えを整える場合ぐらいだ。

どうやら二人は今日、龍桜を誘惑するためだけにわざわざスカートに履き替えてきたようである。

（うわー）

面倒事は勘弁してほしいという願望とは裏腹に、婦警たちの太腿の誘惑は強烈だ。健康的なムチッとした太腿と、すっと引き締まったアスリート系の太腿。どちらも魅力的すぎる。

硬直している龍桜の右の耳元で、和佳奈が囁く。

「ほら、遠慮するな。好きなんだろ」

「龍桜くんのための特別なんだからね」

綾は左耳から甘く促してくる。

「そ、それじゃ、遠慮なく」

お姉さまたちの罠だということを理性では察しながらも、思春期の少年には回避不可能な罠だった。

左手で白いタイツに包まれた太腿、右手で黒いタイツに包まれた太腿を撫で回す。どちらもスベスベなのは、タイツのおかげだろう。ほどよく体温が感じられて、極上の触り心地だった。

やめられない。

夢中になって左右の太腿を撫で回している龍桜の、左耳で綾が甘く囁く。

「どお、あたしたちの太腿を触ってみた感想は？」

「最高です」

完全に陥落《かんらく》している龍桜の顔を見て、和佳奈と綾は作戦成功と頷き合う。

「うふふ、気に入ってくれたのならよかった。それでわたしの捜査協力は」

「ぜひ、やらせていただきます」

「よろしい。なら、気が済むまで触っていいわよ」

許可をもらった龍桜は、太腿の表面だけではなく、内腿も触れた。

「あん」

左右のお姉さまたちが甘い声をあげた。

(あ、二人とも太腿に触れられているだけで、感じてきているみたいだ)

龍桜の両手は、少しずつ内腿を撫で上げていく。

和佳奈も綾も、止めようとはしなかった。それどころか、積極的に膝を開き、藍色のスカートをたくし上げる。

そのため気づくと、二人ともスカートを腹巻のようにしてまっていた。

白いタイツと黒いストッキングに包まれた両足が根元まで露出する。

二人ともいわゆるパンティストッキングと言うやつだったらしく、股間部分もきっちりと覆っていた。

その下にパンティを履いているようだが、色や形はよくわからない。

龍桜の両手の指先は、柔らかいスベスベの内腿を撫で上げていき、ついにぷっくりとゆで卵でも隠しているかのように膨らんだ股間部に達してしまった。

龍桜は、チラと左右のお姉さんの顔色を窺う。

含羞《がんしゅう》を噛みしめた和佳奈が、からかう表情で唇を開閉させる。

「エッチ」

同じく赤面している綾は、悪戯っぽくはにかむ。

「龍桜くんの好きにしていいよ」

そこで龍桜は、左右の指先で、パンスト越しに土手高の恥丘をなぞる。

薄い何枚かの布越しに、女性器がある。

その形は、陽子のおかげで想像がついた。

(ここが溝《みぞ》ってことは、この辺に膣穴があるはず。そして、この上のほうでちょっとぷっくりしているのがクリトリスかな)

薄い布二枚越しに、龍桜の指はお姉さまたちの弱点を探る。

「ああ」

「んん」

急所を捕らえられたお姉さまたちは、さらにギュッと龍桜の腕に抱きついてきた。爆乳の谷間に、二の腕が挟まれる。

「そ、そこ、ダメ、気持ちいい……」

「はぁん、龍桜くんの指、すごい、魔法みたい……」

龍桜の左右の耳から、それぞれ違うお姉さまたちの喘ぎ声が聞こえてくる。

和佳奈のほうが低音で、綾のほうが高音だ。

ふだん聞くことのない女性の二重奏を耳元で聞かされて、龍桜の脳は溶けそうだ。

龍桜は改めて左右のお姉さんたちの顔を見た。

(綾姉ってば、頬が赤くなっている。へぇ、感じるとこういう感じになるのね。がさつな性格なのに、こうやって見るとけっこうかわいい)

どこか狸を連想させる丸顔は、親しみやすく、まさに隣の綺麗なお姉さんだ。

それほど意識したことはなかったが、龍桜にとっては初恋の人なのかもしれない。

右に目を向ければ、まるで警察官のポスターに乗っているような細面の綺麗なお姉さんの顔がある。

(和佳奈先輩って、鬼の遠藤とか言われているけど、こうやって見ると普通に美人っていうか、モデル系の美人顔だよな)

見ているとと我慢できなくなった。

ほとんど衝動的に顔を前に出してしまう。

「っ!?」

龍桜の唇が、和佳奈の半開きになっていた唇を捕らえた。

まさかキスされると思わず油断していたのか、和佳奈は目を見開いて硬直している。

その光景を見た綾が不満の声をあげた。

「あー、龍桜くん酷い、あたしも」

憤慨した綾は、龍桜の頭を持ち向きを百八十度反転させると、唇を重ねてきた。

(えっ)

驚いたが悪い気はしない。龍桜は、綾の肉感的な唇も堪能《たんのう》した。

綾との接吻に酔い痴《し》れていると、今度は和佳奈に顔の向きを変えさせられて、唇を重ねられる。

「うむ」

すると当然、綾が龍桜の顔の向きを変えさせる。

「ふむ」

龍桜は、綾と和佳奈の唇を交互に吸った。

そうこうしているうちに、龍桜の左右に動く顔の角度は小さくなっていき、気づいたときには三人で接吻していた。

(うわ、なにこの状況)

困惑しながらも、美人お姉さん二人との同時接吻を楽しんだ龍桜は、パンスト越しの指マンも続けた。

「はぁ、はぁ、はぁ……」

「も、もう……はぁん」

感じすぎて息が上がった二人は、接吻どころではなくなってしまったらしく、唇を離し、龍桜に抱きついてくる。

一息ついた龍桜は、改めて指先の感触に意識を伸ばす。

左右ともに、パンスト越しにも湿り気がわかる。

(これ、遠藤先輩も綾姉も、絶対に中は大洪水だろ)

クールを極《きわ》めた陽子とて、気持ちいいときは女性器がビショビショになっていた。

この二人が濡れないはずがない。

改めて確認すれば、二人とも完全に発情しきった牝の顔だ。

(いまなら二人とも、このパンストを脱がしてオマ×コに直接触れても怒らないだろ

う）

そう確信した龍桜は、なんとか二人のパンストを脱がそうと試《こころ》みる。

しかし、それぞれ片手でよく見えない位置にある二つのパンストを同時に脱がすというのは、思いのほかに難作業であった。

（えーい、くそ、上手く脱がせない。もういいや、破いちまえ）

短気を起こした龍桜は、パンストに指の爪を立てると、力任せに引っぱった。

ビリビリビリ……。

案外簡単に裂けた。薄い布だけに脆《もろ》いものらしい。

「あ、こら！」

「まったくもう……」

パンストを破かれてしまった綾と和佳奈は、怒った顔をしてみせているが、本気でないことは見て取れる。

「すいません」

形だけ謝罪しながら龍桜は、改めて彼女たちの下半身に目を向ける。

白いパンストの中からはオレンジ色のパンティが、黒いパンストの中からは青いパンティが露出していた。

いずれも、レース付きのセクシーな造《つく》りだ。

いずれのお洒落なパンティも、股間部分には丸く染みができてしまっている。

（うわ、やっぱエロ）

龍桜は左右の人差し指を、二人のパンティの足穴に入れて、ぐいっと引き下ろした。

ヌラーとした愛液の糸が引き、黒い艶やかな陰毛に覆われた陰阜があらわとなる。

とはいえ綾の陰毛は、ほとんどなかった。短く刈られているという感じだ。おそらく、夏に海で水着になるために整えた名残《なごり》なのではないだろうか。

ちなみに毎年、一度はいっしょに海に遊びに行き、ビキニ姿の綾の全身に龍桜がサンオイルを塗ってあげるのは、お約束になっている。もちろん、今年もやった。ただ、ビキニの中にまでは塗らなかったから、水着のあとが白く残ってしまっている。

一方で、和佳奈の肌は大理石のように艶やかで、陰毛は黒々として丸く茂っている。天然ものといった感じだ。

「ごくり」

生唾を飲んだ龍桜は、パンティから手を離すと、陰毛に覆われたお姉さんたちの陰阜に手を入れる。

クチュ。

（あは、二人ともほんとビッチョビチョ。温かくてヌルヌル。エッロ）

龍桜は、とりあえず陽子の教えに従って、女性器を人差し指、中指、薬指で包むと、陰毛ごと前後に擦ってやった。

クチュクチュクチュクチュ……。

「ああ……」

狭いミニパトの車内に、淫らな水音とともに、恍惚《こうこつ》とした牝声が響き渡った。

「ああ、本上ってば上手《じょうず》……」

「あ、そこ気持ちいい、気持ちいい、気持ちいいの……」

先日、陽子に舌が疲れて痙攣するほどにクンニをさせられたのだ。いろいろと指示されたことで、女の気持ちいい場所はだいたい把握している。

外性器を刺激され、陰毛を乱された婦警さん二人は、だらしなく膝を開いて惚《ほう》けてしまう。

（うわ、二人とも気持ちよさそう。女の人の感じている表情ってエロいよな）

日常で接しているだけでは決して見ることのできない、女の秘密の顔。

もっと感じて、エロい表情をさらしてもらいたいと思った龍桜は、左右の中指を膣穴に入れた。

「あ、待って！」

不意に和佳奈が、龍桜の右腕を強く握る。

「そこに指を入れるのはなし」

「え、ダメなんですか？」

まさか止められると思わず、膣穴に浅く入った指を止める。

「あたしも、そこに指を入れるのはやめて」

綾まで止めてくる。

「わかりました」

このエロエロお姉さんたちの膣内を、弄って思いっきり感じさせたいという願望は強烈だったが、ダメだと言っていることを強行することはできないだろう。

最大限の自制心を働かせた龍桜は、二人の膣穴から指を抜いた。

「ふぅ」

和佳奈と綾は安堵の溜息をつく。

(もしかして、二人とも処女なのかな？　……まさかね)

下手《へた》に確認してお姉さまたちのプライドを傷つけ、これ以上やらせてくれなくなってしまったら困るので、喉まで出かかった質問はぐっと我慢した。

それに女性のもっとも感じるポイントは他にある。

龍桜は、愛液に濡れた指先で、二人の陰核を捕らえた。

「はぅ！」

女の最大の急所を捕らえられたお姉さんたちは、慌てて膝を閉じたがもう遅い。

（へぇ～、おっぱいと同じく、クリトリスも綾姉のほうが大きい感じだ。感度のほうはどうかな）

龍桜は左右の中指で、陰核をコリコリコリコリと左右に転がしてやる。

「あ、そこ、らめ、気持ちいい、気持ちいい、気持ちいい」

「あん、あん、ああんん」

お姉さまたちの喘ぎ声の音量が、一気に跳ね上がった。

どちらも感度は抜群だったらしく、龍桜の左右の耳元でセクシーな二重奏が浴びせられ、狭い車内に反響する。

「もう、わたしダメ……！」

「あたしも……イッちゃう！」

龍桜の手を股に挟み、腕に抱きついていたお姉さまたちがビックンビックンと震えた。

（うわ、二人ともイッちゃった。イキ顔エロ♪）

婦警のお姉さんたちを指マンでイカせることに成功した龍桜は、満足して彼女たちの股間から手を離した。

「二人とも、淫乱お姉さんを気取っているわりに、だらしないんですね」

惚けているお姉さまたちの鼻先に、愛液に濡れた指を差し出してやる。

「っ」

綾も和佳奈も、鼻白《はなじろ》んだ顔で視線を泳がす。

気をよくした龍桜は舌を出し、左右の指についた愛液をペロリと舐めた。味の違いは感じられなかったが、綺麗なお姉さんたちの体液は実に甘味に感じられた。

少年の余裕な態度に、大人の女たちは顔を真っ赤にして憤慨する。

「うわ、年下のくせに生意気」

「今度はわたしたちの番ね」

「え、あ、ちょっといきなり……」

身の危険を感じて暴れようとした龍桜の肩を和佳奈が抑え、その間に綾がズボンのベルトを外した。

そして、二人は協力して龍桜のズボンと下着を奪い去り、前にある助手席に放り投げる。

裸に剝かれた龍桜の下半身では、当然のように男根がギンギンにそそり勃っていた。

「うふふ、いつ見ても龍桜くんのおち×ちんってすごい」

舌舐めずりをした綾が、男根を握ってきた。

「太くて硬くてゴツゴツしていて、見ているだけで女はたまらなくなっちゃう」

シートに座った龍桜の両足を大開脚させた和佳奈もまた、男根を握ってくる。

以前、酒盛りに付き合わされた挙句に、二人に手コキされているのだから、龍桜には抵抗する意思はない。いや、むしろ期待していた。

二人はそれぞれ片手で男根を摑んで、シコシコと扱く。

お姉さまたちのダブルテコキに恍惚としている龍桜の右の耳元で、和佳奈がセクシーに囁く。

「この間は、手だけだったけど、今日は口でしてあげる」

「フェラチオですか……ゴクリ」

先日の陽子は、派手にセックスを楽しんだだけで、フェラチオはしてくれなかったのだ。ものすごい興味がある。

綾と和佳奈は、狭い空間で必死に体を丸めると、男根へと顔を下ろしていった。

「うふふ、こんなに先走りの液出しちゃって……かわいい」

「どんなにかっこよくても、所詮《しょせん》は十代の高校生ですからね」

和佳奈と綾は、先走りの液体の溢れる亀頭に向かって、交互に接吻してきた。

そこから舌を出し、包皮の穴に二枚の濡れた舌が入り、すべてを剝き下ろす。

「どお、痛い？」

「だ、大丈夫です」

唾液が塗られているせいだろう。以前のように刺すような痛みはない。

龍桜が痛がっていないことを確認した二人は、亀頭を挟んで接吻した。

狭間で二枚の舌が、亀頭冠の下を掃《は》いてくる。

「はぅ」

あまりの気持ちよさに、龍桜は情けない悲鳴をあげてのけぞってしまった。

それを横目で見上げながら、お姉さまたちの舌は肉棒を降りていき、ついに肉袋に達する。

前回は、ズボンを履いたまま、社会の窓から出た男根に触れただけの二人である。

肉袋を手に取って、物珍しそうに弄び、それから接吻し、舐め回し、さらには中から玉を見つけ出すと、口内に吸い込んだ。

二つの睾丸が、それぞれ別の女性の口内に入って、唾液の海で泳がされる。

(ヤバ、これ気持ちいい。いや、気持ちよすぎる)

フェラチオは、セックスとはまた違った歓《よろこ》びがあった。

まして、ダブルフェラである。

警察帽をかぶったお姉さまたちの白い項《うなじ》を見下ろしながら、龍桜は極楽体験に酔い痴れた。しかし、その時間は長くは続かない。

一気に射精欲求が高まったのだ。

「綾姉、遠藤先輩、も、もう出そうです」

龍桜の切羽詰まった声に、和佳奈は人差し指で尿道口を軽く押さえながら苦笑する。

「だらしないわね。さっきまであんなにいきがっていたのに」

「いや、でも……」

プルプル震えながら、龍桜は必死に射精欲求と戦う。

「ふふ、車内でぶちまけられると困るわね。匂いとか残るだろうし」

「はい。あれはあとで大変でした」

前回、自分の部屋で精液をぶちまけられた綾が溜息をつく。

「俺、もう、ほんとダメ」

睾丸から出てしまった精液が、亀頭の先まで来ているという実感がある。

ここで我慢するのは、拷問に等しい。

見かねた綾が提案する。

「先輩。これ以上、イジメるのは可哀そうですよ。あたしが口で受け止めます」

「いいけど、全部飲んだらダメよ。あとでわたしにも飲ませて」

「は〜い」

役割分担が決まったことで、綾が上から亀頭部をすっぽりと咥えた。同時に和佳奈が、肉袋に接吻、二つの睾丸を口内に吸い込むと、ペロペロと舐めてくる。

「はぅ」

安堵した龍桜は、欲望を解放した。

ドビュドビュドビュ……。

男根は蛇のように暴れ回るが、綾は唇をきっちりと閉じて、すべて受け止めてくれた。

射精が止まると、綾は上目遣いになって龍桜の顔を確認してから、口を離した。

直後に、その唇を和佳奈が奪う。

「う、うむ、ふむ……」

射精を終えて満足した龍桜が、背もたれに身を預けて脱力している前で、婦警さん二人が接吻している。

(うわ、エロ……俺の精液を二人が奪い合っている)

龍桜の精液を、お姉さまたちの二つの口内で行き来させている。

やがて満足したらしい二人は、半分ずつにして嚥下《えんげ》したようだ。

「これが龍桜くんのザーメンなんだ。すっごく濃厚で美味しかった」

口元を手の甲で拭った綾は、龍桜の顔を見てにっこり笑う。

「お粗末さまでした」

和佳奈も満足そうだ。

「綾姉、遠藤先輩。おれ」

この綺麗でエッチな婦警さんたちは、俺のものだ。

我慢できなくなった龍桜が、このまま本番に突入してしまおうと手を伸ばしたときだった。

「本部より、二見管内」

警察無線が鳴った。

「イタチが出て、鶏小屋の鶏が全滅したとの連絡あり。現場に向かってください」

実に田舎らしい牧歌的な事件である。

綾が上体を前の座席に出して、無線に応じる。

「はいはい。すぐ行きま〜す」

和佳奈が、龍桜の逸物を濡れティッシュで拭いてくれた。

「ごめんね、本上。今日はここまでみたい」

「お、お仕事じゃ仕方ないですよね」

龍桜は肩を落としたが、一発出したのだ。我慢できないことはない。

「それじゃ、尾行の手伝い、お願いね」

「はい。あ、そういえば、綾姉はいいの？　刑事課のお手伝い」

綾は盛大に手を振った。

「あたしは、そういう面倒なのに興味ないわよ。刑事って危ないし、おっかないし、忙しそうじゃない。あたしが警察官になったのは、安定した収入が目当てってだけだよ。夢は、玉の輿《こし》捕まえての寿《ことぶき》退職」

「ですよね」

実に綾らしいと、龍桜は納得する。

「最悪、龍桜くんのお嫁さんでもいいわよ」

「あはは、光栄です」

綾の冗談を受け流し、龍桜はズボンを履く。

パンストを破られてしまった婦警二人はスカートを諦め、いつものズボンを履いた。

そして、お仕事の現場に向かうミニパトから、龍桜は独り降りる。

(ダブルフェラ、よかったぁ。でも、どうせならセックスしたかったなぁ)

残念に思うが、あの二人ならいずれやらせてくれる気がする。そのときを楽しみに思いながら、家路についた。

＊

「お待たせ」

和佳奈が刑事課の手伝いをするという当日。

県庁所在地のある駅で、龍桜が待ち合わせの場所に立っていると、黒いジャケットに、白い開襟のワイシャツ、黒いパンツスーツという背の高い、モデル張りのカッコイイお姉さんがやってきた。

その装いの第一印象を言えば、テレビドラマなどに出てくる、女刑事。

（いいのか？　尾行で、そんなザ・女刑事って見える恰好して）

龍桜は絶句してしまった。しかしながら、自覚がないらしい和佳奈は小首を傾げる。

「どうかしたの？」

「いえ、別にいいですけど……」

おそらく和佳奈は、刑事課の手伝いができるということで、張りきって女刑事らしい装いをしてしまったのだろう。

（遠藤先輩。意外とポンコツ……いや天然なのか）

呆れる龍桜をよそに、和佳奈は気合十分だ。

「それじゃいきましょうか、こっちよ」

和佳奈が案内したのは、駅前の喫茶店であった。

四人掛けのテーブルにつくと、和佳奈が二人分の紅茶とケーキを頼む。

「ここがパパ活会場ですか？」

「そうらしいわ」

店員の運んできてくれた紅茶とケーキを、龍桜は遠慮なくいただく。

「俺、張り込みでは、アンパンと牛乳ぐらいしかいただけないいんだと思っていました」

「いつの時代の話よ」

苦笑した和佳奈の目が、ふいに鋭くなる。

名門女子高聖母《せいぼ》学園のセーラー服を着た女性が入店してきたのだ。

「あれが問題の女子高生ですか？」

龍桜の質問に、和佳奈は首を横に振るう。

「いや、大人が女子高生のふりをしているという可能性もあるわ」

パパ活。平たくいえば売春だが、若いほど相場は高くなるらしい。

一番高いのが女子高生。ついで女子大生、ＯＬ、人妻と安くなっていくのだという。

「だから、大人が女子高生に化けるのはよくあることなのよ」

「はぁ、女子高生でなければ捕まえられませんもんね」

なにげなく相槌を打った龍桜は、頭を叩かれた。

「あのね。女子高生だろうと、大人だろうと売春は犯罪よ」

「そ、そうですね」

正直、龍桜は、売春を犯罪だという意識が低かった。

女を買いたいという需要があり、自分の体を売ってもいいと考える供給がある。需要と供給があるのなら、放っておけばいいではないか。そして、正式に税金を取ったほうが社会のために思える。

「今回の作戦は、下っ端の売春婦を捕まえることが目的ではなく、売春組織を潰すことよ」

「売春組織ですか？」

パパ活をやるのに、なんで組織ができるのか龍桜にはわからず驚いた。

個人でやったほうが絶対に儲かるだろう。体を張った女が、ヤクザだか、半グレだか知らないが、その手の連中に儲けの何割かを差し出すのはバカらしくないだろうか。

「個人でやっていると客に足元を見られる。まして女子高生なんて、オジサンに簡単に丸め込まれるわ。上手く稼げない女は、女衒《ぜげん》に頼る。それがヤクザなんかの闇組織の資金源になるってわけ」

「なるほど、上前をはねられても、確実にお金が入ってくるほうがいいってことですか。持ちつ持たれつなんですね」

組織ができ維持されている以上、一方的な搾取《さくしゅ》ではなく、搾取されるほうにもメリットがあるということだ。

（世の中、奥が深い）

そんな雑談をしていると、不意に第三者が和佳奈の横に腰を下ろしてきた。

甘栗色のパーマのかかった頭髪に、パールホワイトのスーツを着た女である。

「これは、浦田け、さん」

驚きながらも和佳奈は、警視という呼称は辛《かろ》うじて呑み込んだ。

この捜査の指揮を執《と》っているという、本庁の女キャリア浦田陽子だ。

陽子は、部下である和佳奈には一瞥《いちべつ》もくれず、龍桜の顔を見ながら煙草に火をつける。

「ふ〜ん、これが貴女《あなた》の恋人？　本上部長の息子さんだったわよね。ずいぶんと若いけど」

煙草を物憂《ものう》げに吸う陽子に顔をじっと見られて、龍桜は全身から嫌な脂汗が出た。

（なにこの、蛇に睨まれた蛙みたいな気分）

龍桜は、陽子に童貞を食われた。

そのあと、仕事の報告のために定期的にシティホテルに呼び出され、エッチをする仲ではあるが、決して付き合っているわけではない。陽子にとって龍桜など、性処理のために適当につまみ食いしているだけの、いくらでも代えの利く玩具《おもちゃ》であろう。

龍桜が他の女性と付き合っていたからといって、何とも思わないはずだ。

「いえ、その、今回の作戦のために協力をお願いしました。この子、警察官志望だから、適任だと思いまして」

和佳奈の言葉に、陽子は満足げな顔を浮かべると、たいして吸っていない煙草を灰皿で潰した。

「まぁいいわ、がんばりなさい」

そう言い残して陽子は席を立ち、喫茶店から出ていってしまった。

「はぁ」

龍桜と和佳奈は同時に溜息をつく。

(なにしに現場まで来たんだ、あの人)

龍桜が小首を傾げていううちに、ターゲットに背広姿のサラリーマンふうの男が近づき同席する。そして、ほどなく二人して店を出たので、龍桜たちも会計を済まして店を出た。

和佳奈と龍桜は、連れ立って夜の街を歩く。

(陽子さんにも指摘されたけど、俺と和佳奈先輩って本当に恋人同士に見えているのかな？)

不安に思うが、せめてもの偽装《ぎそう》ということで、二人は手を繋ぐ。

どうやら、和佳奈は左耳に警察無線の入るイヤホンをつけているようだ。その指示に従って動いているようである。

ときたまリーゼントのいかついオッサンたちが、ジロジロと自分を見ていることに龍桜は気づいた。

(あ、あれ、刑事さんだ。たぶん、間違いない。刑事さんってなんでリーゼントが好きなんだろうな)

そんなことを考えているうちに、裏通りに入った。

いわゆるラブホテル街と言うやつだろう。

(うわ、こんなところあったんだ)

昼間通ったことのある道であったが、夜だとまったく様変わりしている。

ネオンがキラキラと輝く店が多く立ち並び、そのうちの一つにターゲットたちは入った。

「行くわよ」

龍桜と腕を組む和佳奈も躊躇わずに続くと、チェックインの手続きをする。

どうやら、容疑者たちがエッチしている部屋の隣を取れたようだ。

「あとは待機よ。あいつらが出たところを押さえるわ」

「はい」

狭い部屋に大きな寝台があるだけの室内だった。壁紙は毒々しいピンク色だ。寝台でセックスするしかないような作りの部屋である。

他に座るところがなかったので、和佳奈は寝台の端に腰を下ろす。

(これがラブホテルってやつか)

陽子との密会に使っているシティホテルとはまったく別物である。

「俺、こういうところ、初めて入りました」

龍桜は物珍しくて室内を見て回った。

「うわ、コンドーム、サービスなんだ。おお、天井が鏡張りだ。すげぇ」

ひととおり見て回った龍桜は、和佳奈に並んで腰を下ろす。

「暇ですね」

「そうね」

和佳奈はイヤホンで捜査本部の指示を聞いているからまだいい。龍桜は本当にやることがなかった。

することがないので、傍らの和佳奈を観察する。

(遠藤先輩ってやっぱ美人だよな。恰好のせいもあるだろうけど、ほんとテレビドラマに出てくる女刑事そのもの。いや、でも、テレビに出てくる女刑事に、こんなに巨乳美人はそうそういないよな。ああ、エッチしたい。やらせてくれる雰囲気はあるんだけど、なかなか機会に恵まれないいんだよな）

見ているうちにムラムラしてきた龍桜は、我慢できなくなって和佳奈の背後に立った。上から見下ろすと、開襟の白いワイシャツの狭間からネイビーブルーのブラジャーに包まれた胸の谷間が見えた。

（やっぱ遠藤先輩のおっぱいでっけぇ）

そっとワイシャツの胸元から手を入れて、白い大きな乳房を握った。

「こら、やめなさい」

「ちょっとだけ、ちょっとだけですから。お仕事の邪魔はしません」

「もう……」

和佳奈は諦めの吐息をついて、警察無線に集中する。

それをいいことに、龍桜は乳房を弄っていたが、やはり体勢的に触りづらい。

そこで和佳奈の背後に座ると、両手を腋の下から入れて、白いワイシャツのボタンを一つずつ外しだす。

「……」

和佳奈は物言いたげな目でジロリと背後を見たが、何も言わなかった。

それをいいことに、ボタンを全部外す。ネイビーブルーのブラジャーに包まれた胸元が露出する。

いかにも働く女がつけているお洒落なブラジャーだ。

(ブラジャーを外すためには背中のホックを外さないといけないんだよな)

しかしながら、ジャケットを着ている和佳奈のホックを外すことは不可能だ。

諦めた龍桜は、ブラジャーのカップだけ外すことにした。肩紐があるので下ろせない。そこで上にたくし上げてみた。

ドンッと砲弾の如き乳房が前方に飛び出る。

(うわ、やっぱでっけぇ。そういえば、俺。遠藤先輩のおっぱい初めて見た)

いつも服の上から確認しているだけだった。念願の生乳に感動した龍桜は、両手でロケットおっぱいを下から持ち上げるようにして握る。

ずっしりとした重さが心地いい。

(陽子さんのおっぱいも形は綺麗なんだけど、大きさだと遠藤先輩の圧勝だな)

乳房が大きいせいか、乳首も大きい。

その先端の葡萄味のグミのような乳首を指で摘まんで、キュッキュッと扱く。

「遠藤先輩、まだ待機ですかね」

「まだよ」

乳首を弄ばれながらも、和佳奈は真面目に応じた。

しばし乳首扱きに熱中していた龍桜は、それにも飽《あ》きて、和佳奈の耳元で懇願する。

「遠藤先輩、俺、もう我慢できません。俺たちもセックスしません？」

「ダ、ダメに決まっているでしょ。わたしは仕事中よ」

両の乳首を強く摘まんだ龍桜は、さらにズボン越しに勃起した男根を、和佳奈の背中に押し付けてやる。

「一発だけ、一発だけやらせてください。コンドームを使いますから」

「もう、い、一発だけよ。時間ないんだから、手早く済ませなさいよ」

やらせないと龍桜が静かにならないと思ったのか、和佳奈は許可を出してくれた。

「は〜い」

歓喜《かんき》した龍桜は、女刑事を寝台の上に仰向けに押し倒した。そして、黒いズボンを脱がせてしまう。

あらわとなったネイビーブルーのパンティは、ブラジャーとセットなのだろう。カッコいい下着だ。

（遠藤先輩、下着まで女刑事っぽいものを選んだ感じだな。それはそうと、うーむ、すぐに動けるようにパンティは脱がさないほうがいいかな？）

和佳奈の仕事を配慮して、龍桜はパンティの股布だけを左にずらした。

乳首を弄られていたことで、和佳奈もまた興奮していたのだろう。それなりに濡れている。

（うわ、遠藤先輩のオマ×コだ）

先日、ミニパトの中で指マンこそさせてもらったが、隅々までよくは見せてもらっていなかった。

できたら、じっくりと観察し、隅々まで舐め回して味わい尽くしたいところだが、そんな時間はない。

せめて唇に接吻をしようとしたら、それすらも止められた。

「キスはダメ。化粧が崩れるから」

「はい」

（残念だけど、すぐ入れるしかないのか）

コンドームの袋を破った龍桜は、いきり勃つ男根に生まれて初めて装着してみた。

そして、コンドームに包まれた男根の切っ先を、濡れた膣穴に添える。

「それじゃ、入れますね」

「……本当に早く済ませなさいよ。時間ないんだから」

穿いているパンティの股布だけ左にずらしてM字開脚になった和佳奈は、素っ気なく応じる。

「……はい」

なんか味気ない。

とはいえ、和佳奈とのセックス自体は楽しみである。

取調室で出会った日から、一度お手合わせ願いたいと思っていたお姉さまだ。

夢が叶った龍桜は、勇んで腰を進める。

亀頭部が入り、なにか抵抗を感じたが、それを力づくで突き破った。

「くっ」

奥歯を噛みしめた和佳奈は、目をきつく閉じる。そして、コンドームに包まれた男根はいっきに根元まで入った。

そして、和佳奈が目を開くのを待って、その瞳を覗き込む。

「もしかして遠藤先輩、初めてだったんですか？」

「うるさい」

和佳奈は恥ずかしそうに顔を背《そむ》ける。

（くぅ、先輩かわいい。鬼の遠藤のこんな顔を知っているのは俺だけだろう）

優越感にかられた龍桜が酔い痴れていると、和佳奈が睨む。

「そんなことより早く済ませなさい。そろそろ、被疑者が動くわよ」

「せわしないな。もっと、遠藤先輩のオマ×コっていうか、体全体をじっくりと楽しみたいのに」

ボヤキながらも龍桜は、抽送運動を開始する。

キツキツの膣洞だった。陽子よりも明らかに締まる。

感動した龍桜は、顔を真っ赤にしている陽子に訴えた。

「遠藤先輩のオマ×コ、すげぇザラザラで気持ちいいです。でも、生だったら、もっと気持ちよかったんだろうな、残念」

「それは……そのうちね」

和佳奈の返答に、龍桜はいっきに火が点いた。

「いいましたね。絶対ですよ。約束ですよ。遠藤先輩の生マ×コ。うわ、想像したら、もう我慢できなくなっちゃいました」

「あ、こら、激しすぎ、そんなにされたら声が出ちゃうでしょ」

和佳奈は自分の指を咥えて、必死に喘ぎ声を我慢する。

（やっぱ、遠藤先輩、かわいい）

初コトンドームであったが、生に負けないだけ気持ちよかった。生でやりたいというのは、気分的な問題が大きいのだろう。

（うわ、入り口と中と奥の三カ所で締まる三段締めだ。こんなにキツキツなのは、やっぱ剣道で体を鍛えているからなのかな。美人で巨乳でオマ×コの締まりまでいいだなんて、遠藤先輩、スペック高すぎ、もうダメ）

道場ではボコボコされた経験のある女剣士の犯し心地に酔い痴れた龍桜の射精欲求は、すぐに臨界点に達してしまった。

「イキます」

「あっ」

ドビュッ！　ドビュッ！　ドビュッ！

思いっきり射精して満足した龍桜は、腰を引いた。

男根が萎んだせいだろう。スポンッと逸物だけ抜けて、コンドームは和佳奈の膣洞に残ってしまう。

少し外部に出ていたコンドームの端を摘まんで引っこ抜く。

「まったく、この忙しいときに……」

文句をいいながら寝台から飛び降り、急いで身支度を整える和佳奈に向かって、龍桜はコンドームを翳《かざ》してみせる。

「先輩、見て見て。先輩のオマ×コ気持ちよかったから、こんなに出ちゃった」

特殊樹脂のゴムの中にはホッカホカの精液が溜まっており、外側には赤い液体が滴る。

「……バカ」

赤い顔で絶句した和佳奈は、そのまま廊下に飛び出ると、他の捜査員とともに容疑者を逮捕した。

そして、専門の刑事たちに引き渡したあと、和佳奈と龍桜は同じ電車に乗って帰宅する。

最寄り駅で降りると、歩いて自宅を目指す。

龍桜の自宅より先に、和佳奈の住む警察宿舎に着く。

「今日はありがとう。助かったわ」

「いえ、貴重な体験ができて楽しかったです。それではおやすみなさい」

龍桜が踵《きびす》を返すと、服の裾を摑まれた。

戸惑い振り向くと、和佳奈は赤面した顔で呟く。

「ウチ、寄ってかない」

「いいんですか？」

龍桜の確認に、赤くした頰を右手の人差し指で搔きながら、和佳奈は応じる。

「さっきはせわしなかったし、今度はコンドームなしで、じっくり楽しみましょう」

「やったー。俺も先輩のオマ×コ、食べ足りなかったんですよ」

「こら、大きな声を出すな。綾に見つかるでしょ」

かくして、警察宿舎にある和佳奈の部屋に上がり込んだ龍桜は、いっしょに風呂に入り、それから滅茶苦茶エッチをした。

第四章　婦警さんのエッチな取り調べ

「はぁ、はぁ、はぁ、も、もうダメ、す、少し、休ませて、ちょうだい、これ以上は、ああん」

県庁所在地の一等地にある高級シティホテルの一室。

ここに、キャリア警察官僚の浦田陽子は滞在している。

警察官志望の高校生本上龍桜は、陽子からご当地アイドルの林田かなが学校内にいる間の身辺警護を命じられていた。

その定期報告のためと称して呼び出しをくらうと、ここでエッチをすることはお約束となっている。

いまも一戦終えたところだ。

ふだんはクールなお姉さんなのだが、セックスの最中は意外と乱れてくれる。

このときも男根の先で子宮口を突きまくっていたら、イキまくっていた。

息も絶えだえとなった陽子の懇願を聞いて腰の動きを止めた龍桜は、背後から抱きしめたまま左側を下にした体勢で横向きになった。

そのまま右腕に陽子の右足を引っ掛けて持ち上げると、四十八手で言う所の「鴨《かも》の入首《いれくび》」と言われる体位になって、右の手のひらで陽子の形のいい白い乳房を摑む。

「まったく、女の抱き方ばかり上手になったわね」

口元から溢れた涎《よだれ》を手の甲で拭いながら陽子は、恨めしげに背後を睨んでくる。

「陽子さんの、ご指導ご鞭撻《べんたつ》の賜物《たまもの》です」

陽子に童貞を食われ、女の抱き方を一から教えてもらったのだ。

女上位での教えてあげる、という行為は、裏返せば自分の気持ちいい箇所を懇切丁寧に暴露するという行為だから、気づけば陽子の体の秘密すべて、龍桜の知るところとなってしまっていた。

「俺、陽子さんの体なら、目を瞑《つむ》っていてもイかせることができると思いますよ」

嘯《うそぶ》いた龍桜は、ぐいっと男根を押し込んでやる。

「あ、動かないで、もう少し休ませて。もう、あれだけ出してまだできるって絶倫すぎるわよ、キミ」

「あれ、陽子さんは絶倫ち×ぽが大好物なんだと思っていました」

甘栗色のパーマのかかった頭髪を掻き上げて、耳元でからかってやる。

「も、ものには限度があるわよ。ほんとキミは体力だけはあるから、機動隊向きね」

「機動隊ですか……あんま興味ないな。あ、そうだ。陽子さんが警視総監になったら、俺をSPにしてくださいよ。そうしたら一日中、こうやっておち×ちんでサービスしますよ」

「バカ、それはSPの仕事じゃないわよ」

そんなふざけたピロートークを楽しんでいると、陽子のスマホが鳴った。

陽子は手を伸ばし、寝台の脇にあったナイトテーブルに置かれていたスマホを取る。

「なに？　なんですって、それで状況は」

なにやら事件が発生したらしい。

真剣な表情になった陽子は、龍桜の顔が視界に入ると気が散ると考えたのだろう。うつ伏せになって電話対応をする。

しかし、龍桜が男根を抜かなかったので、後背位の体勢に移行した形だ。

（うーむ、お仕事の邪魔をしたら悪いよな。でも、ち×ちん抜くのももったいない。陽子さんのオマ×コ、入れているだけで気持ちいいんだよな）

単純な締まりのよさだけを問題にするなら、遠藤和佳奈のほうが上だ。しかし、陽子の膣洞は、単に締まるのではなく、ふわっと甘いシュークリームの中に入れたかのように男根を包んでくれるのだ。入れていて飽きない。

膝立ちになった龍桜は、やることもないので眼下にある白絹のような肌のすっきりとした背中から、小さいが形のいい臀部を観察した。

「ヒラの刑事は駒よ。休みなんて与える必要はないわ……捜査員から睡眠時間がないって不満が出ている？　それがどうしたというの？　ヒラの刑事は使い捨ての駒だと言ったでしょ。倒れても、代わりはいくらでもいるわ。回復したら、そのつど、再利用してやればいいの。いい、刑事の健康よりも、市民の安全が優先よ。わたしたち管理官は尻を叩くのが仕事なの、蹴飛ばしてでも仕事をさせなさい」

陽子の台詞にドンビキしながらも龍桜は、そんな鬼畜お姉さんの白い滑らかな小尻を両手で持ち、肉朶を左右に開く。すると薄紫の肛門が丸さらしになる。

(陽子さんに死ぬほどこき使われている刑事のみなさん。あなたの上司は悪魔かもしれないけど、セックスの最中は淫乱エロエロで意外とかわいいところもあるんですよ。想像できないでしょうけど……)

真剣な口調で、叱咤《しった》している陽子だが、そのお尻の穴はヒクヒクと動いている。

（それにしても陽子さんって、お尻の穴がよく動くな。オマ×コの収縮とお尻の穴が連動しているみたいだ）

男根を締める膣洞と肛門が同時に動いていることに気づいて、ちょっと面白くなった。

手持ち無沙汰の龍桜は、なんとなく右手の中指を下ろして、眼下でヒクヒクしている肛門に触れた。

「っ!?」

通話していた陽子は、「こら、やめなさい」といった感じで右手を後ろに払った。

龍桜はいったん手を引いたが、陽子が再び電話に集中しだすと、再び指を肛門に置く。

ビクンッと震えた陽子は、ジロリと背後を睨む。龍桜は慌てて両手をあげるが、陽子が前を向くと再び肛門に触れる。

そんなやり取りを何度か繰り返すと、諦めた陽子は龍桜の好きにさせて、仕事の電話を優先させた。

それをいいことに龍桜は、ヒクヒクと動く肛門の皺《しわ》をなぞる。

「……」

白い尻がプルプルと震えた。

お尻の穴は先ほどよりもヒクヒクとよく動き、同時に膣洞も男根をキュッキュッと締めてくる。

(へぇ、面白い。陽子さんって実は、お尻の穴も性感帯なんじゃね？)

おそらく本人も気づいていない、陽子の体の秘密を知って面白くなった龍桜は、そっと肛門に向かって中指の先を押し入れる。

ズボッ！

後背位でつながっている状態で、肛門にまで指を入れられてしまった陽子は、ビクンと背筋を反らした。

「んっ!?　なんでもないわ、続けて」

陽子は必死に平静さを装って、スマホの対応を続ける。

(うわ、お尻の穴に指を入れたら、陽子さんのオマ×コ、滅茶苦茶締まりだした!?　ち×ちん握り潰されそう)

凄《すさ》まじい膣圧に圧倒されながらも、龍桜は我慢できずに腰を前後に動かしはじめてしまった。

「んっ、んっ、んっ、だ、大丈夫よ、ちょっと待って」

陽子はスマホのマイク部分を手で抑えて、背後を威圧《いあつ》する。

「こら、わたしは電話中」

「でも、陽子さんのオマ×コ、すっごく締まって。これじゃ我慢できません」

肛門に入れた指の腹に感じる肉壁。その薄い肉越しに自分の男根が動いているのを感じる。

それが面白くなって龍桜の腰遣いは、少しずつ活性化していく。

陽子の絹のように白い肌から、どっとぬめるような汗が噴《ふ》き出した。

「あ、いや、なんでもないわ。こっちの話、き、聞こえている。んん、でも、やっぱり、あっ、あとで、かけ直す……わあああん」

スマホを枕の下に突っ込んだ陽子は、枕に顔を埋めた。

通話が終わったと察した龍桜は、遠慮なく腰の動きを激しくし、さらに肛門に突っ込んだ指を掻き回した。

「んんん、うむ、ああんん」

「陽子さん、実はアナルも弱かったんですね。オマ×コもいつも以上にキュンキュン締めていい感じです。うお、またでます」

知性派鬼管理官の肛門に指を突っ込んだまま、亀頭部をぴったりと子宮口に押し付けて射精する。これが陽子には効くことを知っているからだ。

ドビュ！　ドビュ！　ドビュ！

「ああん」

未成年の濃厚で大量の精液が注ぎ込まれた女悪魔は、顔を突っ込んだ白い枕を両手で抱きしめながら、綺麗に浮き出た肩甲骨をヒクヒクさせていた。

そして、射精が終わった直後のことだった。

ブシャーッ！

男根をぶち込んでいた穴のすぐ前から熱いゆばりが溢れて、シーツを濡らした。

驚いた龍桜が、肛門から指を、膣穴から男根を抜き、痴態をさらすお姉さんの後ろ姿を眺める。

「うわ、陽子さん、イキながらおしっこ漏らしちゃったんですか？　そこまで楽しんでもらえたのは嬉しいんですけど、これってあとでホテルの人に怒られるんじゃ」

枕に顔を押し付けて、濡れた尻を高く翳していたお姉さんは、布団から真っ赤な顔を半分だけずらして涙目で睨んでくる。

「うるさい。元凶が言うな」

「すいません」

とにかく一戦終わったことで興奮状態が去り、二人は当たりの音を気にする余裕ができた。

「警視、どうしたんですか？　警視！」

枕の下から、陽子の部下と思しき女性の声が聞こえてくる。

どうやらとっさのことで、陽子はスマホの通話を切りそこなっていたようだ。

＊

「はぁ～、あんなに怒らなくても……」

仕事の電話中の陽子を後背位で犯しながら、アナルに指を入れてしまった龍桜は、そのあと、理性を取り戻した陽子から滅茶苦茶叱られた。

(陽子さん、アナルを弄られながら、けっこう気持ちよさそうにしていたと思うんだけどな。今度、アナルセックスやらせてもらおうかな)

文句を言いながらも、陽子ならやらせてくれそうな気がする。

そんなことを考えながら、陽子を部屋に残し、エレベータに乗り、ホテルのラウンジに降りたところであった。

「あれ～、本上くんじゃない」

唐突に女性の声をかけられた。

「んっ」

振り向くと、爽やかな緑色のドレスを着た妖精のようなキュート美少女が駆け寄ってきた。

小柄で、黒い長髪。目が大きく、チョコンとした鼻に、若干アヒルを思わせる口元という、愛らしい顔立ちをしている。

「あ、ああ、リンダか」

龍桜のクラスメイトで、ご当地アイドルをやっている林田かなだ。

ストーカー被害に悩まされた彼女が、警察に相談したため、学校内では龍桜が護衛をするように、陽子に命じられている。

「え、なんで、リンダがこんなところに」

驚く龍桜に、かなは得意げに胸を張る。

「ここ、パパが出資しているホテルでね。パンフレットのモデルとして採用されたの。そのため撮影中よ」

「そ、そうなんだ」

「あ、また親の七光りとか思っているでしょ」

両手を腰に当てたかなは前かがみになり、上目遣いに睨みつけてくる。

胸元の谷間に目がいった龍桜は、慌てて首を横に振るう。

「いや、そんなことは。使えるものはなんでも使っていいと思うよ。リンダはかわいいんだし、機会を摑めば実力でも成功するさ」

「ふふ、ありがと。そんなことより、本上くんこそ、なんでこんなところにいるの？」

おそらく怒ってみせた表情は演技だったのだろう。身を起こしたかなは破顔《はがん》している。

「いや、ちょっと」

陽子との関係を白状することに躊躇いを覚えた龍桜は言葉を濁《にご》した。しかし、かなは許してくれない。

「ちょっと？」

「……警察のお手伝い」

嘘はついていないと思う。龍桜の返答にかなは感心する。

「本上くんってすごいよね。学生なのに警察の手伝いって、ドラマみたい」

「いや、そんなたいしたことはしてないけどな」

やっているところは、学校内でかなの後ろをついて歩くことと、陽子の性処理だけだ。

明るく笑ったかなは、龍桜の背中を叩いてくる。

「またまた謙遜《けんそん》しちゃって。あ、警察といえば、今度の日曜日、わたしが一日警察署長をやることは話したよね。本上くんも来てくれるの？」

「いや、それは学校外のことでしょ」

龍桜が請け負っている仕事は、学校内でのかなのボディガードだ。休日のお仕事は契約外である。そちらは本職が頑張るだろう。

「えー、本上くんを顎で使って、いろいろと無理難題を命じたいのに」

かなの願望を聞いて、龍桜は顔を押さえた。

「絶対に、行きたくないです」

「あはは、冗談よ。それじゃ、カメラマンさんの準備が整ったみたい。行くわ。またね」

明るく笑い飛ばしたかなは元気に手を振って、スタッフの下《もと》に駆けていってしまった。

龍桜の学校生活は忙しい。真面目に授業を受け、休み時間はかなのお供をし、放課後は剣道部の部活に参加。

ヘトヘトになって電車に乗り、最寄り駅で降りると、今度は田舎道を歩いて自宅を目指す。

＊

その途中にある交番の前に、婦警さんが独り立って哨戒《しょうかい》していた。

黄金の警察章のついた制帽に、白い飾り紐のついた肩章付きの水色のワイシャツ、その上に防刃チョッキをきて、藍色のネクタイ、藍色のズボンを履いている。

本来、体の線を隠すはずの警察官の制服を着ていてなお、ムチムチの曲線美がわかってしまうのは、実家が龍桜の隣のお姉さん、椎名綾だ。

(綾姉が真面目に仕事しているとは、珍しいこともあるものだ。なんか失敗して、お仕置きとして立たされているのかな。それとも点数稼ぎのために、一時停止違反でも探しているのか)

そんなことを考えながらも龍桜は、軽く挨拶をする。

「こんばんは」

龍桜が通り過ぎようとしたところを、綾に呼び止められた。

「龍桜くん、ちょっとおいで」

「何ですか？」

「いいから、いいから」

にこやかな笑みを浮かべた綾は、龍桜を強引に交番内に招き入れる。

「ハコ長も今日はもう上がったから、安心していいわよ」

ハコと言うのは警察内の隠語で交番のこと。その長というのだから、この交番の責任者。つまり、綾たちの直属の上司の交番所長のことだろう。

「はぁ」

何が安心なのかよくわからぬまま、龍桜は交番に足を踏み入れた。

その後ろで綾は、玄関の鍵をかけると、見回り中という看板を掲げる。

「あの……いいんですか？」

「いいから、こっち」

ヘラヘラ笑った綾は、龍桜を取調室に誘った。

ストーカーの冤罪で捕まり、取り調べを受けた部屋だ。現在の龍桜の女性関係の始まりと言っていい場所だろう。

「はい、そこに腰かけて。腕を後ろに回して」

「はぁ、こうですか？」

よくわからぬままに、言われたパイプ椅子に腰を下ろし、両手を後ろに回す。

その背後に綾は立った。

ガチン！

金属的な音がして、龍桜の手首が冷たく、重くなる。

すでに一度体験した不快な感覚だ。

「えっ」

確認するために視線を向けると、龍桜の両手首に手錠をかけられ、パイプ椅子に固定されていた。

「あの、綾姉、これは!?」

驚き質問する龍桜に、綾は黒い笑顔でにっこり笑う。

「はい。被疑者は質問しない。質問するのは警察官たるあたしのお仕事よ」

「……」

綾のただならぬ雰囲気に、龍桜は鼻白んだ。

机を挟んで向かいの席に座った綾は、重そうな乳房を机の縁《へり》に乗せながら、両手を組む。

(こんなエロい婦警さんがいていいのだろうか？　綾姉のおっぱいは、確実に日本の治安を乱していると思う)

そんなことを考えている龍桜に、綾はにっこりと促す。

「龍桜くん、あたしに隠していることあるでしょ？」

「な、何のことですか？」

「あれ〜、惚《とぼ》けちゃう？」

デスクライトを持った綾は、灯で龍桜の顔を照らす。

「ほら、いまならまだ許してあげるわよ。素直にゲロしちゃいなさい」

眩しさに目を瞑りながら、龍桜は応じる。

「だから、何の話ですか？」

「ウソをついてもためにならないわよ。田舎のお母さんも泣いているわ」

「いや、田舎もなにも毎日、顔を合わせています。さっきから何なんですか？　この尋問プレイは」

龍桜の質問を無視して、綾は続ける。

「そりゃ食べたいです。もう夕飯どきですよ」

「かつ丼食べる？」

食べ盛りの高校生男子である。こんな無意味なやり取りをしているくらいなら一刻でも早く帰宅して、食事をとりたい。

デスクライトを引いた綾は、わざとらしく肩を竦めて大きく溜息をつく。

「はぁ～、まだ惚けるのね、仕方ない。本当はこういうことはやりたくないんだけどぉ」

ビク。

綾のトーンが変わったことで、暴力でも振るわれるのだろうかと思い、龍桜は身構える。

しかし、綾の行動は龍桜の予想の斜め上をいった。

なんと、目の前の机の上に乗って腰を下ろしたのだ。

ちょうど龍桜の鼻先に、防刃ジャケットを大きく盛り上げる綾の胸元がきた。

思わず凝視してしまう龍桜の頭上から、綾はニヤニヤした顔で嬲る。

「どこ見ているの？　龍桜くんのエッチ」

「いや、エッチと言われても……」

警察の制服を内側から突き破りそうな女性の胸が、目の前にあったら見るだろう。慌てて視線を逸らした龍桜だが、まるで磁力に引かれるように視線がチラチラと戻ってしまう。

「あはは、龍桜くん昔から、あたしのおっぱい大好きだもんね」

「そ、そんなことは……」

「隠してもダメ。この間、海に行ったときも、あたしのおっぱいをガン見していたもんね」

あのころ童貞であった龍桜に、見るなと言うのは酷な光景だった。

なにせ赤いビキニ水着をきた綾が、浜辺ではしゃいでいたのだ。

巨大な双乳が、ボインボイン上下しているさまは、世界の崩壊《ほうかい》を目撃しているかのようなインパクトを与えられた。

「女はね。男の視線がどこに向かっているのか、敏感にわかるんだよ」

そう宣言した綾は、机の上で反り返り胸部を突き出しつつ、防刃チョッキの前を開き、胸元のネクタイを左肩から後ろに回した。

そして、肩章付きの水色のワイシャツのボタンを上から一つずつ外していく。

(え、何を始めるつもりなの？)

困惑する龍桜の見守るなか、水色のワイシャツの中から、オレンジ色のブラジャーに包まれた巨大な肉塊が二つ、あらわとなる。

「ごくり」

思わず生唾を飲んでしまう龍桜に、綾は嘲笑を浴びせる。

「あたし、怒っているんだからね。今日は徹底的に取り調べをします。正直に話すまで帰しません」

そういいながら綾は、ワイシャツの中から器用にブラジャーだけ抜き取った。

ダプンっという効果音が聞こえてきそうな勢いで肉塊が二つ、警察の制服の開いた胸元から姿を現す。

(でも、ワイシャツ邪魔!?)

胸の谷間は見えるのだが、水色のワイシャツがかかっていて、乳首がギリギリ見えない。

見えそうで見えないという状態が、否応なく少年の視線を釘付けにする。

手を伸ばし、気取ったポーズでブラジャーを床に落とした綾は、龍桜の目の前で反り返り、胸元を強調する無駄にセクシーなポーズをとる。

もともとＡＶ女優が、コスプレしているかのようなセクシー婦警であったが、こんなポーズをされたらAV女優にしか見えない。

いまや猥褻物と言うより、危険物だ。

いまの龍桜だからこそなんとか耐えられているが、童貞時代であったら見ているだけで暴発させてしまった可能性があった。

龍桜は喘ぎながら質問する。

「あの～、綾姉、何をやりたいんですか？」

「馴れなれしいわね。犯罪者のくせに」

「犯罪者？」

さすがに言われない誹謗《ひぼう》だと思う。困惑する龍桜に、綾は不満そうに頰を膨らませる。

「惚けたってダメ。あたしはみんな知っているんだから」

そう言われると、いろいろと後ろ暗いところがあるような気がして、龍桜はドキっとしてしまう。

「うふふ、龍桜くんの口を割らせるには、これが一番だと思うのよね」

口元に嘲笑を浮かべた綾は、龍桜の視線を十分に意識しながら、開いたワイシャツの胸元に指をかけ、まるでカーテンのように左右に開く。

飴《あめ》色の巨大な肉まんが二つ、ついに姿を現した。

(でかい！　デッカ！　服の上からわかっていたことだけど、やっぱり綾姉のおっぱいはおっきい！　生は迫力が違う！)

龍桜の見たことのある乳房の中で、和佳奈が一番大きかったが、それよりも一ランク上の重量感、サイズ、形であった。

まさに爆乳。

乳房が大きいだけではなく、乳首も大きい。薄いピンクの乳輪が広く、乳頭も赤ちゃんのおしゃぶりのようだ。

いままでの龍桜の常識を超えた乳房であった。

「素直に言ったら、このおっぱい、好きなだけ触らせてあげるわよ」

龍桜が完全に自分の乳房の虜《とりこ》になっていることを意識して、得意げな笑みを浮かべた綾は、自らの手に取って持ち上げてみせた。

そして、見せつけるように、左右の乳房を非対称に揉み回す。

ミチミチに詰まった肉塊が動くその光景は、もはやおっぱいの暴力だった。天変地異が起こっているかのようにみえる。

「だ、だから、さっきから俺に何を言わせようとしているんですか？」

「へぇ〜、まだ惚けちゃう。あたしのおっぱい触りたくないの。龍桜くんなら、特別におっぱいしゃぶらせてあげてもいいんだけどなぁ」

龍桜の目の前、巨大な赤い乳首がぐいっと差し出される。

(くっ、綾姉のおっぱい。攻撃力ありすぎるだろ)

大きく勃起した乳首の先端からビームでもでてきそうだ。

乳首を鼻先にかざされた龍桜は、さながら銃口を向けられたかのように冷や汗が出た。

もちろん、しゃぶりたい。思いっきりむしゃぶりついてチューチューと吸引してみたかった。

しかし、綾が何を求めているのか、龍桜には皆目見当がつかない。

「実はあたし、こんなこともできちゃうんだよねぇ〜」

両手で乳房を自慢げに持ち上げてみせた綾は、顔を下げる。

そして、龍桜の顔を見ながら、肉感的な唇を開いて、濡れた赤い舌を伸ばすと、大きな乳首をペロリと舐めてみせた。

「おおっ!?」

龍桜は感動の声をあげてしまった。

マイパイナメ。巨乳の持ち主にしか許されない。選ばれた女だけができる神の御業《みわざ》である。

食い入るように見つめてくる龍桜の顔を見ながら、綾は自分の乳首を交互に舐めしゃぶった。

桃色の乳首は濡れ輝き、人間の指先のように飛び出してしまっている。

「うふふ、龍桜くんも、あたしのこのおっぱい舐めたい？」

こんな光景を見せつけられたら、逆らえる男子はいない。龍桜は洗脳されたかのように、一も二もなく頷いてしまった。

「な、舐めたいです」

「仕方ないわね。それじゃ、いまから拷問を開始しま〜す」

不穏《ふおん》な宣言をすると同時に綾は、パイプ椅子に手錠で両手を固定されている龍桜の頭を抱き寄せた。

龍桜の鼻先に、綾の左の乳房が迫る。

「うっぷ」

大粒の乳首で口を塞がれた龍桜は、嬉々《きき》としてしゃぶりついてしまった。褐色の蜜肌が視界を覆い、柔らかい肉で顔を包まれる。

（こ、これは極楽。母乳が出ないのが不思議というか、母乳以外の何か美味しい物質が出ている。このおっぱいなら、いつまでもしゃぶっていたい）

幼少期から近くで見てきた優しいお姉さまの巨大な乳房を、ついに吸えたのだ。こんな嬉しいことはない。

ムニムニムニとした柔肉を顔全体で楽しめる幸福感に龍桜は酔い痴れていたが、長くは続かなかった。

綾の両手がぎゅっと龍桜は頭を抱きしめているため、柔肉によって鼻の孔《あな》まで塞がれてしまったのだ。

（い、息が出来ねぇ。おっぱいで溺死する!?　これが拷問!?　なんて恐ろしい。まさか、こんな極上おっぱいが凶器になるなんて）

乳肉で失神する寸前に、綾が腕を緩めてくれた。

「はぁ、はぁ、はぁ……」

乳首を吐き出した龍桜は、大きく開いた口元と乳首との間に唾液の糸を引かせながら、新鮮な空気を吸う。

そんな九死に一生を得た男の子の顔を、婦警さんは至近距離から冷めた眼差しで見下ろしてくる。

「先輩のおっぱいと、どっちが美味しかった？」

「えっ⁉、な、何のことですか？　うぷ」

思わぬ質問に絶句した龍桜が言い訳をしようとすると、即座にその口は再び乳首で塞がれた。

「んー、んーーー」

空気を求めて悶絶する龍桜の頭上から、綾は嘲笑を浴びせる。

「龍桜くん、キミ、遠藤先輩を食べたでしょ？」

「っ⁉」

おっぱいで口と鼻を塞がれた龍桜は、驚愕《きょうがく》の瞳だけ綾に向ける。

「ネタはあがっているのよ。この間、龍桜くんと出かけてから、遠藤先輩、全然雰囲気違うもん。下着とかさ、明らかに男の視線を意識したエロいの着けるようになっちゃってさ。もう、男ができたのが丸わかり。そして龍桜くんは、あたしの目を盗んで、先輩の部屋に通っているわよね。二人っきりで何をやっているの？　さぁ、怒らないから、さっさと白状しなさい」

いや、すでに怒っている。滅茶苦茶怒っているぞ、という龍桜の心の声を綾は口に出して肯定する。

「まったく、あたしに隠れてコソコソと先輩と付き合っちゃってさ。もう、あたしプンプンよ」

爆乳という最強の拷問具で窒息させられた龍桜は、見開いた目を白黒させる。

(この極上おっぱいに顔を埋めて死ねるなら、本望《ほんもう》な気もするが……でも、やっぱ綾姉を殺人犯にするわけにはないな。なんとか、この窮地《きゅうち》から逃れる方法は……)

死の淵で必死に考えた龍桜は、起死回生の策を思いつく。すなわち押してもダメなら引いてみな。

おっぱいから逃げられないならば、おっぱいを吸うのみ。

チューチュー!

龍桜は必死になって乳首を吸った。ただでさえ大きかった乳首が、さらに大きくなっていく。

「あん、そんな強く吸ったら、ああ、ダメぇぇぇ」

俗に大きな乳房は感度が弱いと言われるが、それは嘘であることを証明するように、綾は甘い悲鳴をあげて、怒りに震えていた腕から力を抜いた。

窒息死する寸前に、龍桜は新鮮な空気を得る。

「……ぷはっ、はぁ、はぁ、はぁ……いや、だから、その、別に綾姉に隠れて、付きあっているわけでは……」

「はぁ、はぁ、はぁ、セックスはしていることを認めるのね」

「そ、それは……」

龍桜は言葉に詰まった。こういうとき肯定していいものだろうか。和佳奈にも迷惑がかかる気がする。

押し黙る龍桜の顔に、憤懣やるかたならぬ綾は顔を近づける。

「エッチなことをしたかったらさ。まずはあたしにお願いするのが筋じゃないの」

「え!?」

困惑する龍桜の両肩を抱いて、綾は激しく揺すってくる。

「今年の夏だってさ、思いっきり攻めた水着を着てあげたでしょ。あんな恥ずかしい水着、なんのために着たと思っているの」

たしかに痴女っぽいな、とは思ったけど、意図があったんですか?

という言葉はなんとか呑み込む。

「龍桜くんがエッチしたいと言うのなら、あたしがいつでもやらせてあげたのに……それなのにちょっとエッチなことをされたら、あたしよりも先に先輩に手を出すなんて、酷い裏切りじゃない。そりゃさ、先輩は美人だし、頭いいし、カッコイイし、あたしが先輩に勝てるところほとんどないけどさ。でも、おっぱいだけは自信あるんだからね。龍桜くんは、どう思う。あたしのおっぱいと先輩のおっぱい、どっちが好き？」

「そ、それは……はい。綾姉のおっぱいのほうが大きくて素晴らしいです」

龍桜が認めると綾は、跳ね上がって喜ぶ。

「でしょ。でしょ。それじゃ……」

自らの両腕で、先端が男の唾液に濡れた乳房を持ち上げながら、綾は小首を傾げてみせる。

「龍桜くんは、あたしとエッチはしたくない？」

「滅茶苦茶したいです」

龍桜にとっては、幼少期からもっとも身近にいるセックスシンボルだ。やりたくないはずがない。

「だよね。龍桜くんがあたしの体をそういう目で見ていることは、ずっと昔から知っていたし」

満足げに頷いた綾は顔を近づけると、肉感的な唇で龍桜の唇を塞いだ。

「う、うむ、うむ……」

綾の柔らかい唇が、積極的に龍桜の唇を吸ってくる。

それに応えて龍桜も唇を開いた。

唾液に濡れた舌が絡み合い、互いの唾液を啜る接吻となった。

「ぷはぁ」

接吻を終えたところで、綾は盛大に息を吸う。

「やっぱり龍桜くん、キスも上手。さっきのおっぱいの吸い方もすごかった。あたし、おっぱい吸われただけでイかされそうになっちゃったわ。というか、少しイッちゃったもん。この間、車の中で触られたときも思ったけど、龍桜くんって意外と女の扱いが上手いわよね。もしかして、先輩だけじゃなくて、学校でいろんな女の子コマシまくっているの？」

「ま、まさか、そんなことしていませんって」

「ふぅ〜ん、どうだか……」

綾は懐疑《かいぎ》的な顔で、龍桜の顔を睨む。それから若干、躊躇ったあとに不貞腐《ふてくさ》れたように告白する。

「あたしは、まだ処女なのよ」

「そ、そうなんですか？　綾姉、すごいモテそうなのに」

意外そうな顔をする龍桜に、綾は悪びれずに頷く。

「うん、モテるわよ。自慢じゃないけど、学生時代からいろんな男の人に告白されたことがあったわ。でも、みんなあたしのことをおバカキャラで、おっぱいだけの女って見ているのが見えみえだから、断っちゃっていたの」

巨乳美女にも、いろいろと悩みはあるらしい。

「でも、あたしも二十歳になっちゃったし、そろそろ異性とお付き合いしてみたいな。龍桜くんにならら初めてをあげてもいいかなぁ。龍桜くんの童貞は、あたしが卒業させて、いわゆる『教えてあ・げ・る』の、お姉さんプレイをしてあげようかなと思っていたのに、その前に先輩と付き合いだしちゃうんだもん。あぁ～、残念」

そう言いながら綾は机から飛び降り、パイプ椅子に手錠で固定されたら龍桜の学生服の胸元をはだけさせる。

「ちょっと綾姉、何をするつもりですか？」

「浮気性の男の子には、警察官として、厳しい指導をしてあげる。青少年の健全な育成は警察官の大切なお仕事だからね」

嘯いた綾は、龍桜の首回りにネッキングしてから、左の乳首に舌を下ろしてきた。

「あっ」

ペロペロペロ……。

「あれ、龍桜くんってば、男の子なのに乳首で感じちゃうの〜、エッチ〜」

「くっ、エッチって言われても……あっ」

手錠で拘束されて動けぬ男子の乳首を、綾は存分に舐め回した。

（たしかに感じる。気持ちいいことは気持ちいいんだけど、乳首を舐められて感じるというのは、男としてどうなんだ）

男としての見栄を感じた龍桜は、必死に我慢しようとする。そんな抵抗をエッチな婦警さんは嘲笑《あざわら》う。

「うふふ、強情な被疑者ね。でも、これには耐えられるかしら？」

乳首責めに飽きたらしい綾は、パイプ椅子に座っている龍桜の太腿の間に屈《かが》み込んだ。

そして、ズボンのチャックを下ろして、いきり勃つ男根を引っぱり出す。

「うわ、いつ見ても立派」

舌舐めずりをした綾は、男根の裏筋に向かって右の頬を近づけると、スリスリと頬擦りしてくる。

「こんなに立派なおち×ちんを持っていたら、そりゃ女の子にモテるわよね。先輩もこのおち×ちんの魅力に負けちゃったわけだ。うん、先輩が負けるくらいだから、あたしが負けるのは仕方がないよね」

自己正当化した婦警さんは、龍桜の両膝に肘を置き、両手で大きな乳房を持ち上げた。そして、男根を挟んでくる。

「おお……」

これは噂に聞くパイズリ。

いまだ陽子とも、和佳奈ともやったことはなかった。

感動している龍桜を、男根を乳肉の間に挟んだ綾は上目遣いに見て笑う。

「男の人がでっかいおっぱいの女が好きなのって、これをやりたいからなんでしょ？」

「そ、それだけってことは……ありません……けど、夢でした」

「うふふ、素直でよろしい。こういうふうに、セックスしたいのなら、始めからあたしにお願いすればよかったのよ。龍桜くんの頼みなら、あたしがいくらでもやらせてあげたのに。この浮気者」

憤懣やるかたないといった様子の綾は、ムッチムッチの両の乳房をこね回しはじめた。

肉がみっちり詰まったハムの狭間で男根は揉みしだかれる。それはさながら荒れ狂う嵐に翻弄《ほんろう》される小舟のようであった。

さらに綾は顔を下げ、濡れた赤い舌を伸ばし、乳肉の狭間から顔を出す亀頭部の先端をペロペロと舐めた。

（こ、これはセックスとはまた違った快感。それに、なんと言うか、すげぇ眺め）

柔らかくも弾力のある乳肉に挟まれるというのは、むろん、肉体的に素晴らしい体験だった。しかし、それ以上に、女性の象徴たるまろやかな乳房に自分の男根を挟んでもらっているという光景が、男の自尊心を否応もなく煽る。

たちまちのうちに射精欲求が高まり、龍桜は我慢できなくなってしまった。

「ああ、綾姉のおっぱい最高〜〜〜」

雄叫《おたけ》びとともに、綾の胸の谷間から白い液体が噴き出し、警察の制帽の額に燦然《さんぜん》と輝く黄金の警察章に浴びせられ、そこれからドロドロと丸顔や胸の谷間に滴っていく。

「うわ、くっさーい。こんな臭いものを取調官の顔にかけるだなんて、侮辱《ぶじょく》ね。さらなるお仕置きが必要だわ」

顔面射精をされてしまった婦警さんは怒って。いや、怒ったふりをして立ち上がった。

そして、龍桜の座るパイプ椅子を蹴倒す。

「うわ」

龍桜はたまらず床に転がる。しかし、両手は手錠で椅子に固定されていたため、万歳した形で床に転がった。

「いてて……酷いなあ!?」

抗議の声をあげようとした龍桜の見上げた先で、綾は制服のズボンのベルトを外し、スルスルと脱いでいた。

飴色に日焼けして、太腿が太く、脹脛が張り、それでいて足首の細い、実に凹凸《おうとつ》に恵まれた美味しそうな美脚があらわとなる。

水色のワイシャツの裾のから、オレンジ色の華やかなパンティが覗く。

そのパンティの左右の腰紐に指をかけた綾は、それもスルスルと脱いでしまう。

仰向けになった龍桜の顔を、綾は跨《また》いで立っていた。

飴色の肌の中で腰回りだけは少し白い。水着の跡だろう。陰毛もポワンポワンと少ししか残っていない。

「龍桜くん、お仕置きよ」

制帽と前の開いた水色のワイシャツと防刃チョッキを着た婦警さんは、宣言と同時に、和式便座にでも座るように腰を下ろしてきた。

「うぷ」

龍桜の顔は、ノーパン婦警さんのデカ尻で塞がれた。つまり、顔面騎乗だ。

「臭いでしょ。一日働いて、汗をかいて、シャワーも浴びてないオマ×コだよ。でも、これは女好きの犯罪者を再教育するお仕置きだから。龍桜くんはあたしの臭いオマ×コを舐めなくちゃダメ」

臭いと言うよりも、牝臭がすごい。男を惑わせ、混乱させる匂いだった。

「ほら、早くしないと、このままおしっこしちゃうわよ」

エッチな婦警さんの脅《おど》しに屈したというのではなく、龍桜は嬉々として口を開くと舌を伸ばした。

ペロペロペロ……。

(ああ、これが綾姉のオマ×コの味)

前回、ミニパトの中で指マンしたあと、指に付着した愛液を舐めさせてもらったが、やはり直接舐めるのとでは気分が違う。味も違って感じた。

陽子や和佳奈をクンニしたときとそう違うものではないのだろうが、幼少期から知っている近所の優しいお姉さんの愛蜜だと思うと、各段に美味しく感じる。

龍桜は夢中になって舌を動かして、媚肉を貪った。

「あん、気持ちいい、気持ちいいわ、龍桜くんの舌。自分の指よりも何倍も気持ちいい。上手、上手よ。龍桜くん、やっぱり女遊びしているでしょ。上手すぎるぅぅぅ」

男の顔に跨《また》がった婦警は、半狂乱になって牝声をあげている。

このシュチエーションに酔ってしまっているのだろう。昔からノリのいいお姉さんだ。

溢れ出る愛液で顔中をベトベトにしながらも、龍桜は舌を縦横に動かした。

(綾姉、クリトリスもでかいな。やっぱオナニーのときとか、ここを掻きむしっているのかな)

妄想をたくましくしながら、大粒の陰核を口に含み吸引する。

「ひぃぃぃぃ、そこ、吸っちゃラメェ〜〜〜、あたし、そこ、弱い、弱いの、ああ、イク、イク、イッちゃう」

啜り泣くようにして綾が絶頂しても、龍桜のクンニは止まらなかった。

今度は膣穴に舌をねじ込む。

「ちょ、ちょっと、そこ、そこは舌を入れたら、ああん、そんな穿《ほじ》ったらダメ、いやん、舐めているでしょ。龍桜くん、あたしの処女膜を舐めているでしょ。いやん、龍桜くんの舌、あたしの気持ちよくて、恥ずかしいところばっかりあたる。こんなのダメ、また、イッちゃう！」

下半身を裸にして少年の顔に跨った婦警さんは、取調室はおろか、交番中に響き渡るような嬌声《きょうせい》を張り上げて、おとなしくなった。

「はぁ……はぁ……はぁ……」

荒い呼吸を整えた綾は腰を上げて、股の下の愛液まみれの少年の顔を覗き込む。

「やっぱ、龍桜くん、悪い子だわ。女をこんなに簡単にイかせるだなんて。いったいどれだけ女の子を泣かせてきたの？」

「いや、泣かせていませんって」

陽子に徹底的に仕込まれて、和佳奈で経験を積んだだけだ。

「ふん、年下のくせに勝手に大人になっちゃって、かわいくない」

不満げな綾は、龍桜の顔を見ながら復活していた男根の上に移動した。

「ちょ、綾姉、本気ですか？」

膝立ちとなった綾のやろうとしていることを察して、龍桜は慌てる。

「なに、龍桜くんはあたしとやりたくないの？」

瞳孔《どうこう》が開いて、いろいろとテンパっているお姉さんを見て、龍桜は言葉に困る。

「そりゃ、やりたいですけど……」

頭には制帽、上半身には防刃チョッキと水色のワイシャツを羽織り、下半身を裸にした婦警さんは、両手で自らの陰唇を開く。

溢れた愛液が、トローと男根に滴る。

「あたしの処女マ×コ、たぶん、すっごく気持ちいいと思うよ」

「でしょうね」

綾の意見に、龍桜は全面的に賛成だった。こんなムチムチのエロエロお姉さんの膣洞が気持ちよくないはずがない。

「ねぇ、あたしの処女膜、破ってみたくない？　龍桜くんのおち×ちんで」

「やりたいです」

龍桜の返事に、綾は大きく口を開けて妖しく笑う。

「あ〜あ、言っちゃった。先輩と付き合っているのに、あたしとまでやりたいなんて、やっぱり龍桜くんは悪い子だわ。昔は、あんな素直ないい子だったのに、いつのまにか、女を食い物にする犯罪者になっていたのね、本官は悲しい」

「いや」

龍桜の言い訳を、綾はみなまで言わせなかった。

「不良少年は、本官のオマ×コで矯正してあげる。いくわよ。えい！」

唐突に婦警さんプレイになったらしい綾は、いきり勃つ男根を左手で持ち、右手を龍桜の腹に置いてバランスを取って、気合いの声とともに腰を落とした。

ブツン！

膜を破ったたしかな手ごたえとともに、男根は一気に呑み込まれる。

「うお」

ぷりっぷりの活きのいい魚のような肉襞が、男根を包み込んだ。しっかり亀頭が、子宮口にまで届いた感覚がある。

「……」

男根に串刺しにされた綾が微妙な表情で硬直しているのをみて、龍桜は気遣う。

「綾姉、大丈夫ですか？」

「うん、大丈夫。ちょっと痛いけどね。龍桜くんのおち×ちんをオマ×コの中で感じられる歓びに比べたら、我慢できないことはない……そんなことより、先輩のオマ×コとどっちが気持ちいい？」

思いもかけない質問に、龍桜は慌てる。

「い、いや、そ、それは……比べられるものではありません。綾姉のオマ×コも、遠藤先輩のオマ×コにもいいところはあるわけで、上下をつけていいものじゃないでしょ」

「もう、優柔不断なんだから。でも、いいわ。あたしのオマ×コのほうが気持ちいいとわからせてあげる」

宣言と同時に、綾は躍るような跳ね腰を使いはじめた。

大きな乳房が二つ、ボインボンと躍る。

(なんて光景だ。それに綾姉のオマ×コ、すっごいヌルヌル。こ、これは噂に聞く名器……ミミズ千匹ってやつなんじゃ、き、気持ちよすぎる)

二十歳の健康なお姉さんである。その膣洞の締まりが気持ちよくないはずがない。まして、破瓜《はか》中である。そのあまりの締まりのよさに、悶絶する龍桜の顔を見て、綾は喜ぶ。

「いい、龍桜くんの感じている表情、やっぱかわいい。いいよ、気持ちよかったら、あたしの中にいっぱい出して」

「くっ」

龍桜としては我慢したかったが、破瓜中の綾が無理をしていることがわかっただけに、一刻も早く射精して終わらせるべきだと考えた。

「綾姉〜〜〜！！！」

ドビュドビュドビュ。

健康美人婦警さんの体内で、龍桜は気持ちよく射精してしまった。

「ふぅ、龍桜くんの精液がお腹の中でいっぱい。温か〜い」

綾が満足な声をあげたとき、取調室の扉が開いた。

「っ!?」

綾と龍桜は息を呑んで視線を向ける。

入ってきたのは、長い黒髪を後ろで縛った婦警であった。

「まったく、なかなか帰ってこないと思えば、あなたは職場でなにやっているの」

「だって先輩だけずるいんだもん。あたしだって、龍桜くんのおち×ちん食べたいです」

男の腰に跨ったまま悪びれない後輩の主張に、和佳奈は溜息をつく。

「あなたが本気だってことはよくわかったわ。その……抜け駆けして悪かったわよ」

「え、それじゃ、龍桜くんのこと、譲ってくれるんですか？」

表情を輝かせる綾に向かって、和佳奈は首を横に振るう。

「それはダメ。わたしだって、いまさら本上のおち×ちんのない生活とか考えられないんだから」

制服のズボンを脱ぎ、青いパンティもまたスルスルと脱がした和佳奈は、綾の愛液まみれの龍桜の顔に腰を下ろす。

「あっ」

驚く綾の前で、顔面騎乗となった和佳奈は肩を竦める。

「決着を急ぐ必要はないでしょ。本上はまだ学生だし、結婚を考えるのは早いわ。だから、しばらくの間は、二人の共同所有ってことにしない」

思いもかけなかった提案に、大きな目をパチクリとさせた綾は、次いで歓喜の声をあげる。

「うわ、いいアイデアです。先輩、それでいきましょう」

後輩の全面的な賛成を得た和佳奈は、尻の下の男の確認を取る。

「本上も、それでいいわね」

「もちろんです」

女性たちの同意の下で二股をできるのだ。こんなに幸福なことはない。

夢のような幸運に、龍桜は歓喜した。

しかし、いささか早まったかもしれない。

「それじゃ、本上のシェア記念ということで、今夜は徹底的に搾《しぼ》り取っちゃおうか」

「賛成。先輩のそういうノリのいいところ大好きです。どこまでもついていきますよ～」

意気投合している婦警さん二人に、尻に敷かれた龍桜が恐るおそるお窺いを立てる。

「え、二人、二人かがり……でも、俺、おち×ちん一本しかなくて」

和佳奈はあっさりと応じる。

「大丈夫、代わりばんこに入れるから」

「はい。先輩よりいっぱい搾り取りますね」

綾の宣言に、和佳奈がカチンときたようだ。

「四歳の年の差をナメないでよね。こいつ、わたしの体にメロメロなんだから」

「言いましたね、先輩。でも、男って若い女のほうが好きだって言いますよ」

「椎名も言うわね」

バチバチと張り合う師弟婦警さんたちによって取調室に監禁された男子高生は、最後の一滴まで搾り取られた。

第五章　一日警察署長の恥体

「ああ、癒される。女の栄養補給におち×ちんに勝るものはないわね。警官としての日ごろのストレスが吹っ飛ぶわ」

湯船に浸《つ》かって胡坐をかいている本上龍桜の右の膝の上に座って慨嘆《がいたん》したのは、高校剣道部のOGで二十四歳、ときどき母校に稽古をつけに来てくれる遠藤和佳奈である。

ふだんは凛々しい婦警さんも、風呂場ではすっかりリラックスモードだ。いつも縛っている黒髪も解《ほど》かれている。

「そうですよね。龍桜くんとエッチするようになって、あたし、夜もよく眠れるようになって肌の色艶がよくなった気がします」

龍桜の左の膝の上に座って全面的に賛成したのは、実家が隣のお姉さん椎名綾。二十歳だ。

明るく元気な新人婦警さんも、ただの牝となってムッチムチの裸体を押し付けてくる。

「はは……お二人のお役に立てているようでよかった」

乾いた笑いを浮かべた龍桜は、両腕を彼女たちの背中から回して、外側の乳房を掴み揉んでいた。内側の乳房は龍桜の胸板に押し付けられている。

二人とも成人女性であるから、ふだん学校で見ている女子高生たちよりも肉体的に成熟していて、乳房も大きい。

和佳奈の乳房は前方にズンと飛び出したロケットおっぱい。綾の乳房はドンと迫力のある肉まんおっぱいだ。

いずれも、日本の治安を乱すことに貢献《こうけん》しているだろうエロ乳だった。

最近の龍桜は高校の部活が終わって帰宅する途中、交番のすぐ裏にある警察宿舎に寄ることが日課になっている。

そして、和佳奈か綾か、いずれかの非番の部屋に上がり込むのだ。二人とも非番のときは、このようにどちらかの部屋に集まって3Pとなる。

警察官の福利厚生はしっかりしているから、二十代の新社会人の女子部屋とは思えぬ立派な部屋で、風呂場は広く湯船も大きかった。

とはいえ、男女三人が同時に入るようには想定されてないのだろう。さすがに狭い。男女の体が密着し、お湯より肉体の体積のほうが多いような気がする。

「龍桜くん、そろそろもう一回しよ」

ムチムチボディを押し付けながら綾が甘えた声を出す。

「俺、もう三回出したんですけど……」

「先輩の中に二回、あたしの中に一回じゃない。ずるいぃ」

「こらこら、本上に無理をさせたらダメよ。おち×ちんが復活するのを待ちなさい」

二回の中出しで満足している和佳奈は、余裕のていで後輩を窘《たしな》める。

「もう……龍桜くん、立って」

「はい」

綾に促された龍桜は、やむなく湯船から立ち上がった。

「お尻こっちに向けて」

湯船に肩まで浸かった綾は、湯からでた男尻を捕まえると、尻朶《しりたぶ》を割って肛門に接吻、いや、舐めだした。

「うほ、な、なにをっ!?」

綺麗なお姉さんの舌で、自分の汚い肛門を舐められる背徳感と、実際に臀部から身震いするような快感が襲ってきて、龍桜は世にも情けない悲鳴を上げてしまった。

「あはは、出しきった男を再勃起させるにはアナル責めが一番って聞いたことがあったけど、どうやら本当みたい。先輩、あたし後ろを舐めますから、前をお願いします」

「まったくあなたって子は……あんまりガツガツしていると、本上に嫌われるわよ」

後輩を窘めながらも和佳奈は、いまだ芯の入っていない小さな逸物の下に手を添えて持ち上げる。

「うふふ、水餃子みたいになっちゃっているわね。美味しそう。はむ、うむ、うふ」

真面目そうな顔をした美人婦警さんは大きく口を開くと、男根はおろか肉袋まで口に含んでしまった。

そして、上目遣いで龍桜の顔を窺いつつ、頬を凹ませて、チューチューと吸引。さらには口内の唾液の海で泳がせつつ、舌でこね回してくる。

「ひぃあ、ああ、ちょ、らめ、ああ」

後ろから肛門を舐め穿られ、前から逸物をしゃぶられた龍桜は、天井を仰ぎ見て無様な喘ぎ声をあげてしまった。

綺麗なお姉さまたちによる前後からの挟み撃ち。襲いくる快感は、会陰《えいん》部の奥でぶつかり、背筋を駆け上がってくる。

（二人ともエロすぎ。婦警さんがこんなに淫乱エロエロで日本の治安は大丈夫か）

と不安に感じないでもないが、こうやって求められることは悪い気はしない。いや、とても嬉しかった。

（遠藤先輩も、綾姉も俺の女だ。欲求不満にしておくことはできない。一刻も早くおち×ちんを復活させて、二人とも足腰が立たなくなるまで突きまくってやりたい）

湧き出る使命感に付随して、龍桜の男根は隆起しはじめる。

「ん？」

男の下腹部に顔を埋めていた和佳奈が、驚きの呻《うめ》きをあげた。

ニョキニョキと伸びた男根に、喉奥を突かれたのだ。

慌てずに男根を吐き出した和佳奈は、男を挟んで向かいにいる後輩に声をかける。

「椎名、おち×ちん大きくなったわよ」

「やっぱ、龍桜くんは絶倫だよね」

声を弾ませた綾は、湯船の中で立ち上がり、風呂の壁に両手をついて大きな尻を差し出してきた。

「それじゃ、龍桜くんお願い。早くぅ」

「はいはい、わかりました」

でかい牝尻の誘惑に負けた龍桜は、豊麗《ほうれい》な女体の背後に立ち、両手を腋の下から入れて巨大な乳房を鷲掴みにした。

一人湯船に浸かっている和佳奈が、いきり勃つ男根を持って、綾の膣穴に導《みちび》いてくれる。

「さあ、一気にやっちゃいなさい」

和佳奈に煽られて、龍桜は腰を突き上げた。

お湯の入っていた膣洞に男根は勢いよく潜り込み、子宮口まで貫《つらぬ》く。

「うほっ」

風呂の壁にしがみつき、蟹股《がにまた》開きになった綾は、股から入った男根が喉から出てきたといわんばかりに大口を開く。

「あん、いい、気持ちいい。龍桜くんのおち×ちん、本当に長くて硬くてぶっとくて、女をダメにするわ」

「いいですよ。どんどんダメになっちゃってください」

悦《よろこ》んでもらえるのが嬉しくて、龍桜は両手に持った爆乳を揉みしだき、大粒の乳首を指で摘まんでクリクリと扱きながら、豪快に腰を前後させる。

パン！　パン！　パン！

女の尻と男の腰がぶつかり合い、拍手音が狭い風呂場に鳴り響く。

「あん、あん、あん、あん、乳首をクリクリされながら、あん、龍桜くんのおっきいおち×ちんでズボズボされて、子宮をガツガツされるの最高！　いい！　いい！　いいの！」

二十歳の牝肉は、三つ年下の牡によって、子宮口をえぐられて涎を噴き、あられもない嬌声をあたりはばからず張り上げる。

「まったく、椎名ったら、本当に気持ちよさそうにおち×ちんを楽しむんだから」

一人湯船に浸かっていた和佳奈は、目の前で繰り広げられる男女の肉体のスペクタクルに呆れる。

そして、悪戯っぽい笑みを浮かべると、男女の股の間に体を入れて、結合部へと顔を近づけた。そして、舌を伸ばす。

ペロリ。

「ひぃあん、先輩、おち×ちん入れられた状態で、そこ舐められたら」

「気持ちいいでしょ？」

「ちゅっごく気持ちいいれぇす」

男根のぶち込まれている穴のすぐ前にある突起を、同性に舐められた綾は無様なアヘ顔を作りながら同意した。

「うふふ、せっかく一人の男と女二人で付き合っているんだから、そのメリットを思いっきり楽しまないとね」

左手で湯に濡れた長い黒髪を搔き上げた和佳奈は、後輩の陰核をペロペロと舐めながら、さらに右手で陰嚢を摑み優しく揉んでくる。

「ああん、そんな、おっぱいも、オマ×コも、クリトリスも、気持ちよすぎ〜、もう、もう、もう、あたし、イク、イク、イク、イク〜〜〜!」

「くっ」

綾の膣洞が釣り上げられたばかりの魚のようにピチピチと活きがよく跳ね回った。

その破壊的な蠢動《しゅんどう》によって、龍桜は搾り取られてしまう。

和佳奈の指で摘まれている睾丸から吹き出た熱い血潮が、男根を駆け上がり、綾の最深部へと噴き出す。

ドビュドビュドビュ……。

「はぁぁぁぁぁ……」

絶頂と同時に膣内射精されるのは、牝としてもっとも気持ちいい瞬間なのだろう。両の白目を剝いてアへ顔をさらした綾は気の抜けた声をあげたあと、たくましい足腰から崩れ落ちた。

綾と龍桜は、繫がったまま湯船に腰を下ろす。

「はぁ、はぁ、はぁ、よかったよ。やっぱ龍桜くんのおち×ちん、あたしの体と相性ばっちり」

大満足の表情の綾は、向きを変えて龍桜の唇にチュッとキスをしてきた。

「あはは、綾姉のオマ×コも、すっごくよかったよ。ザラザラの襞がこういっぱい絡みついてくるんだ。たぶん、綾姉のオマ×コってミミズ千匹ってやつだと思うよ」

「あ、それ、あたし聞いたことある。名器ってやつだよね。そっか、あたしってば名器だったか。うふふ」

龍桜と綾が抱き合って余韻に浸っていると、龍桜の背後にロケットおっぱいを押し付けられた。

そして、耳の後ろからドスの利いた声を浴びせられる。

「さぁ、次はわたしよ。こんなの目の前で見せられたら、もう我慢できないわ。すぐにおち×ちん大きくして」

「あ、はい」

綺麗なお姉さんのお誘いを断るなどという罰当たりなこと、できるはずがない。

龍桜は、すぐに五回目にとりかかった。

＊

「あぁ、しんど……」

いつものように淫乱婦警二人によって、陰嚢から最後の一滴まで絞り取られた龍桜は、警察宿舎を出て帰路に着いた。

綾も和佳奈も牝盛りといった感じで、ものすごく性欲が強い。それが二人がかりである。いかに無限の性欲のあるお年ごろとはいえ、相手をするのは大変だ。

疲れきっているが、自宅に帰れば地方公務員になるための勉強をしなくてはならない。

また、婦警のお姉さんたちには秘密にしていることに、龍桜の女性関係はもう一人いる。週に一回ぐらいは、キャリア官僚の浦田陽子に呼び出され、エッチをしているのだ。

なかなかに骨な女性関係である。

「でもまぁ、あんな綺麗なお姉さんたちと付き合えているんだから、これは嬉しい悲鳴ってやつだよな」

贅沢な苦労を噛みしめながら龍桜は、外灯すら乏《とぼ》しい暗い夜道をトボトボと歩く。

その途中にいかにも田舎ならではの、巨大な屋敷の前を通る。

龍桜のクラスメイトで、ご当地アイドルをしている林田かなの家だ。

(もう、リンダのやつは寝たかな。いや、さすがに寝るのは早いか。ダンスの練習とかしているのかな)

アイドル活動というのはよくわからないが、いろいろと努力をしているであろうことは想像に難くない。

そんなことを考えながら、玄関先を通り過ぎようとしたときだ。

「キャーッ」

宵闇《よいやみ》を切り裂く、女性の悲鳴が聞こえた。

「えっ」

驚き周囲を警戒した龍桜の前に、人影が飛び出てきた。

「え、おい。この状況って」

人影もまた龍桜の存在を認識したようだ。

「どけっ！」

焦った声に次いで、右手で銀色に輝くものを振り回す。

ナイフ。果物ナイフということはないだろう。包丁、いや、おそらくジャックナイフの類《たぐい》だ。

(刃物を持っている。とはいえ、素人だな)

幼少期から剣道を習っていた龍桜は、高校生になった現在、有段者になっていた。

相手の動きから、その程度のことはわかる。

とっさに手にしていたカバンで払う。

パン！

返す刀で、いや返すカバンで、相手の横顔を叩く。

たまらず倒れた相手の腹を、龍桜は蹴った。

刃物を持った手を蹴ろうとしたら、返り討《う》ちにあう危険がある。頭を蹴ると殺してしまう危険があった。

腹を蹴られた相手は、痛みに悶絶して動けなくなるだろうが、気絶したり死んだりすることは滅多にない。

「ぐはっ」

腹を思いっきり蹴られた男は、体をくの字にして大地を転がった。

相手が態勢を立て直す前に駆け寄って、さらに腹を連続して蹴りつづける。

パッっと林田邸の外灯が着く。

「本上くん!?」

見ると玄関先に、ピンクのパジャマ姿のかなの姿があった。

「リンダ。すぐに警察に連絡して。ストーカーを捕まえた」

「うん」

かなが警察に連絡してくれている間に、龍桜は改めて謎の人影をみる。

腹を連蹴された衝撃で人相が変わっているかもしれないが、知らない男であった。

高校生には見えない。

(……よかった。リンダのストーカーっていうから、学校の友だちだったらどうしようと思った)

何も知らない相手なら、心の痛みも少なくて済む。

犯人は完全に無力化されていたが、犯人と過ごす時間は体感として物すごく長く感じられる。

犯人が回復したらもう一発ぐらい腹を蹴らないといけないかな、と考えているところに刺股《さすまた》を持った綾と和佳奈がやってきた。

二人とも先ほどまで龍桜とやりまくってヘタっていたはずだが、緊急出動の連絡が入って、慌てて制服に着替えて駆けつけてくれたのだろう。

（勤務時間外でもあたり前に呼び出されるなんて、警察官ってブラックな職業だよな）

内心で同情しながら、龍桜は犯人を指し示す。

「こっちです」

ただちに犯人に手錠をかけた和佳奈が、左肩につけていた警察無線に連絡する。

「二十時三十分、被疑者を確保。犯人はナイフを振り回していました。殺人未遂です。応援を頼みます。繰り返します。犯人はナイフを所持。殺人未遂です。応援を頼みます」

綾は、かなのもとに駆け寄った。

「リンダちゃん、大丈夫だった？」

かなと綾も実家がご近所ということで、顔なじみである。

「綾さん、ありがとうございます。わたしは問題ありません。それよりも、本上くん

ろう。

のほうが、刃物を持った男に立ち向かって」

「俺も問題ありません」

「被疑者を交番に連行します。本上も手伝って」

テキパキとした和佳奈の指示に、龍桜は素直に従う。

その際、犯人の握りしめていた布に龍桜は気づいた。おそらく今夜の彼の戦利品だ

(でも、それ、リンダのパンツじゃなくて、リンダのお母さんのパンツだぞ)

以前に龍桜が冤罪で捕まったときに見た下着と同じ、あるいは似たような形状なだけに、そう確信が持てた。

つくづく報《むく》われない男である。

交番は歩いて五分といった距離だ。

すぐに着き、犯人は取調室に入れられる。龍桜は交番の受付にある、警察に相談にきた市民が座るだろう椅子に座った。

心配顔の綾が、傷の有無を調べてくれる。

「痛いところない?」

「ええ、擦り傷もありません」

「刃物を持った暴漢をたった独りで捕縛《ほばく》って、さっすが未来の捜査一課のエースだねえ」

綾の煽《おだ》てに、龍桜は肩を竦めた。

ほどなくして、交番の前にクリーム色のクラウンが停まり、助手席から颯爽と甘栗色の短髪に、パールホワイトの高級そうなスーツでびしっと決めた女性が姿を現した。

本庁のキャリア官僚、浦田陽子だ。

今日は独りではなく、運転席から以前に県警本部に行ったとき、お茶を出してくれたお姉さんが出てきた。

さらに別の車もやってきて、リーゼントのいかにも刑事と思えるおじさんたちがドカドカと入ってくる。

龍桜を誤認逮捕したときとは、明らかに雰囲気が違った。

犯人がナイフを振り回した殺人未遂ということで、下着泥棒とは真剣度が違うということだろう。

犯人はただちに本署に連行されていってしまった。それを見送ってから、陽子が声をかけてくる。

「キミが逮捕したんですって」

「ええまぁ、たまたまです」

本当に偶然である。自分の手柄として誇る気にはなれない。

「一カ月前に、誤認逮捕された容疑者が、今度は同じ場所で真犯人逮捕だなんて、なかなか劇的で面白い展開ね。とりあえず、ご苦労さま」

珍しく陽子が労《ねぎら》ってくれた。

そのあと、ひととおりの事情聴取をされてから、龍桜はようやく帰宅する。

*

「本上くん、昨日はありがとう。本当に恰好よかったよ」

一夜明けて、龍桜が学校にいくと、ちょっとした有名人になっていた。

どうやら、昨晩の逮捕劇が地方紙に載ったらしい。

周囲の騒がしさに憮然《ぶぜん》とした龍桜が席についていると、笑顔のかなが寄って来て隣の机にチョコンと腰をかける。

「二度とごめんだ。それより、あれって本当にリンダのストーカーだったのかな?」

いきなり斬りかかられたからぶちのめしてしまっただけで、裏事情などまったく知らない。

事前情報として、かながストーカー被害に悩んでいると知っていたから、先入観としてストーカーだと決めつけてしまっただけかもしれない。

時間とともに、そんな不安が湧いてくる。

龍桜の杞憂《きゆう》を、かなは明るく笑い飛ばす。

「それについては、警察から電話があったわ。プロバイダの会社から開示された番号が、あの人の持っていたパソコンの番号と一致したって。一見、匿名《とくめい》に見えたって、通信会社がどこから書き込まれたかわからないはずがないのにね」

「なるほど、なら、本当に事件解決か……」

「そういうこと。全部、本上くんのお陰だね」

喜ばしいことだが、龍桜としては別の不安もでてくる。

「そうなると、陽子さんとの関係もこれまでなのかな？」

ストーカー被害に悩むかなの護衛として、学校内まで手が回らないから、同級生でクラスメイトの龍桜を使っていたのだ。

事件が解決したなら、龍桜を使役《しえき》する理由もなくなる。

そうなれば週に一度、シティホテルで行われていた密会も自然消滅するだろう。

性欲処理という意味なら、綾と和佳奈で十分だったが、陽子には陽子のよさもあった。

おっかないお姉さまだが、もうエッチができないのだと思うと、残念でならない。

そんなことを考えている龍桜のスマホが鳴った。

発信者は浦田陽子とあったので驚き、慌てて通話ボタンを押す。

「本上龍桜さんのお電話で間違いありませんね」

妙に形式ばった口調が聞こえてくる。

「昨日は、ありがとうございました。犯人逮捕のご協力に感謝いたします。その後、お体の異常ありませんか」

「あ、はい。健康そのものです」

陽子の口調がやたらと事務的なのは、これが公的な電話ということなのだろう。

「それはなによりです。しかし、念のために病院にいき精密検査をすることをお勧めします。また、警察としましては、刃物を持った男を取り押さえた勇敢な高校生に、感謝状を贈ろうという話が持ち上がっております。受けていただけますか」

「いや、そんな大げさな。俺、ほんとそんなたいしたことしていませんって」

思いもかけない提案に、龍桜は裏返った声で辞退しようとした。その反応を予想していたのか、事務口調に飽きたのか、陽子はいつもの傲慢な嘲笑まじりの声に転じる。

「たいしたことか、たいしたことじゃないかは、キミが決めることじゃないわ。他人が決めることよ。今度の日曜日、林田かなが一日警察署長をやることは知っているわね」

「ええ」

「ちょうどいいから、そのセレモニーの一つとして、一日警察署長から感謝状を贈る授与式を行うことになったわ。四の五の言っていないで今度の日曜日は、警察本部に来なさい」

一方的に宣言されて通話は切れた。呆然とする龍桜に、傍らで見守っていたかなが笑顔で宣言する。

「わたしから精いっぱいの感謝の気持ちを込めて贈るわ」

どうやら、事前にかなと陽子の間で、話し合いが持たれていたらしい。

地方公務員として地味に生きていこうと考えていた少年は、思わぬ晴れ舞台に頭を抱《かか》えた。

＊

「こちらでお待ちください」

日曜日、正午に来いと命じられた龍桜は、しぶしぶながら県警本部に出向く。

陽子の直属の部下と思しきお姉さんが案内してくれた部屋は、応接間だろうか。やたらと立派な机とソファがあり、お茶と茶菓子まで用意されていた。

「各種準備がありまして、式典の開催は午後三時からとなります」

「え、そんな先ですか」

現在、正午過ぎである。三時間近くも先だ。

「お昼ご飯はいかがしましょう？」

「食べてきました」

「警察内を見て回るのも面白いと思いますよ」

いやそう言われても、大人たちが働いている場所を高校生独りでフラフラと出歩くのは場違いにすぎる。

仕方ないので、案内された居心地が悪いほどに立派な部屋で、独りスマホを弄って時間を潰す。

ほどなくして、扉が開いた。

視線を向けると、紺色の制帽に、左肩に白い飾り紐のついた紺色のジャケット、白いワイシャツ、紺色のネクタイ、膝丈の紺色のスカート、黒いエナメルのパンプス。左腕には緑の腕章。さらに左肩から右腰にかけて「一日警察署長」と大書された襷《たすき》をかけた、かわいらしい人形のような少女が入ってきた。

「あ、本上くんだ」

「リンダ」

かなは午前中、すでに一日警察署長としてのさまざまな行事を行ってきたらしい。昼食も警察の偉いさんたちと会食してきたとのこと。

あとは感謝状の授与式まで、ここで待つように言われたらしい。

龍桜の向かいの席に座ったかなは、頰を膨らませて不満の声をあげる。

「一時間以上もここで待機だって、手際《てぎわ》悪いわよね」

「まぁ、お役所仕事だからな」

「ふぅ、文句を言っても始まらないわね」

小さなテーブルを挟んで向かい合わせの椅子に座ったふたりは、とりあえずスマホを弄りながら時間を潰す。

しかし、そうそうに飽きた龍桜は、向かいのかなを盗み見る。

（そういえば、リンダとは家も近所ということで、長い付き合いだけど、こうやって二人っきりというのは初めてかもな）

二人っきりだと意識すると、妙な息苦しさを感じた。

（いや、俺は何を考えているんだ。俺とかなが釣り合うはずがないだろ……しかし、どんなに可憐《かれん》な美少女でも、女は女だよな。性欲とかあるはず。リンダがセックスしている姿か。ちょっと想像できないな）

最近の女性関係のせいで、女性に夢が持てなくなってしまった龍桜は、あらぬ妄想をしてしまう。

（でも、芸能人って裏では爛《ただ》れているってよく聞くよな。いや、このかなに限ってそれはないだろ。オヤジさんが絶対に守っているだろうし。いやいや、でも、売れるためなら枕営業ぐらい普通か？　リンダのイキ顔か）

スマホの画面を弄っていたかなが、ふいに口を開く。

「さすがに暇ね」

「そ、そうだな。お茶でも淹《い》れるか」

女性の顔をみながらセックス時の表情を想像するという、非常に失礼なことをしていた龍桜は、裏返った声を出してしまった。

かなが視線を向けてくる。

「どうかしたの？」

「いや、見慣れない恰好だから」

龍桜はとりあえず適当なことを言って誤魔化す。

「そうかしら？」

スマホをテーブルに置いたかなは立ち上がると、その場でクルリと回って、ニコッと笑ってみせる。

さすがアイドル。笑顔は商売道具。男心を盗む魅力的な笑顔だ。

ドキッとした龍桜は顔を背け、かなは小首を傾げてみせる。

「もしかして、本上くんって、警官の制服フェチ？」

「そんなことはないけど」

「そうかな？　いままで一番反応いいけど」

悪戯っぽい笑みを浮かべたかなは、テーブルを迂回《うかい》すると、猫のように龍桜の座っていたソファに乗って、両手を太腿に置いて顔を近づけてきた。

「本上巡査！」

「はい？」

唐突な呼称はもちろん、太腿に置かれた手も気になる。

おそらく時間を持て余したかなは、暇つぶしに龍桜をからかいに来たのだ、と察することはできた。

無駄な緊張を強いられる龍桜の目の前で、かなはにっこりと笑う。

「ヒラの巡査なら、署長のわたしに逆らえないよね」

「いや、俺まだ普通の高校生」

龍桜の主張を無視して、かなは目を閉じて、若干アヒルを思わせる小さな唇を差し出してきた。

「署長命令よ。キスして」

（えっ）

あまりにも嬉しい命令に、龍桜はとっさにあたりを見渡す。

だれもいない密室に二人っきりである。

（さっすがアイドル、近くで見るとやっぱ綺麗だよな。それに顔小さすぎねぇ。こいつ本当に人類か？）

戸惑いながらも龍桜は、かなの唇に軽く接吻した。

直後に目を開いたかなは、口元を手で抑えて身を引く。

「本当にしちゃったんだ？」

「いや、しろって言うから」

戸惑う龍桜に、かなはジト目を向ける。

「冗談のつもりだったんだけど……わたしのファーストキス、本上くんに奪われちゃった」

「え、いや、ご、ごめん」

陽子、和佳奈、綾のせいで、キスへの敷居が低くなってしまっていたことを自覚して、龍桜は慌てる。

かなは咳払いをして気を取り直す。

「ごほん、別にいいんだけど。わたし、本上くんのこと好きだし。わたしが命じたんだから、怒ったりはしないわよ。でも、わたしに手を出したことが、パパに知られたら大変よ。この町では生きていけないかも」

「え」

思いもかけない恐ろしいことを言われて、龍桜は慌てる。

かなはわざとらしく、おどろおどろしい声を出す。

「聞いたことない？　都会と違って、田舎では政治家の力が強いのよ。で、わたしのパパ、政治家。それもけっこうな権力者よ。龍桜くんの警察官採用を取りやめさせることぐらいできると思うの」

「ま、まさか……あはは……」

冗談を言っているというのはわかるのだが、実際にかなの父親ならそれぐらいの力があるような気がして、龍桜は畏怖させられた。

互いの鼻の頭が付きそうな距離に顔を近づけたかなは、醒《さ》めた表情を作ると見下げるような眼差しで、ドラマにでてくる悪女のように威圧してくる。

「あくまでも、わたしが龍桜くんに無理やりキスされたって、パパに泣きついたらだけど」

「……ですよね」

「だから、もう一度。今度はちゃんとキスして」

両手で龍桜の頭を抱いたかなは、今度は自分から唇を近づけてきた。

「むにゅ」

男と女の唇が合わさる……だけでなく、小さな唇が開く。

かなの舌が、龍桜の唇を舐めてきた。

その誘いに乗って、龍桜もまた唇を開く。

「う、うむ、ふむ、はむ……」

男女の舌が交わり、無言のまま互いの舌を味わった。

(やべ、俺、リンダとキスしている？　いいのか？)

家は近所なのだ。幼少期から顔は知っている。

とはいえ、地方公務員の家庭に生まれた子と、何代も続く地主の家系で政治家をやっているような親の娘では、所詮、住む世界が違う。

まさか、特別な関係になる日が来るとは思わなかったし、当然、キスをする関係になるとは夢にも思わなかった。

(暇つぶしでキスっていいのか？　いや、相手は芸能人だし、キスぐらい挨拶みたいなものか？　いやいや、でも、さっきファーストキスとか言ってなかったか？　まさか、リンダほどの美少女がそんなはずないだろ。えーい、ままよ)

目先の欲望に負けた龍桜は、かなの口内にまで舌を入れた。

そして、前歯を舐める。

(うわ、やっぱ歯も小せぇ)

女の歯は男の歯よりも小さいことはすでに知っていたが、いままで経験したどの女性よりも小さな歯だった。まるで小さな真珠が連《つら》なっているかのような歯並びだ。調子に乗った龍桜は、歯並を割って女の口内を舐め回す。特に上顎の縫い目を舐めてやった。

「あ、うう……」

思わぬ快感だったのだろう。かなは驚愕に目を見開き、さらに恍惚とした表情となりプルプルと震えた。

(清純派の美少女でも、気持ちいいものは気持ちいいんだな)

接吻だけでイッてしまいそうなかなの口内を存分に凌辱してから、ようやく龍桜は唇を解放してやった。

「はぁ、はぁ、はぁ……今度は言い訳できないような、すごいキスしてくれちゃったわね」

「あ、ああ……」

龍桜としても、やっちまった、という気分である。

口元をハンカチで拭ったかなは、龍桜の股間をみた。

「本上くん、興奮している？　こ、興奮しているよね。こ、ここ大きくなっているし」

かなの視線を追って視線を下ろすと、龍桜のズボンは張り裂けそうなほどにテントを張っていた。いまさらながら龍桜は慌てる。

「いや、これは……」

「見せて」

「え、あ、いや、それはさすがに……」

躊躇う龍桜の太腿を、かなは揺らす。

「署長命令よ……別にいいでしょ。暇つぶしよ、暇つぶし。もう龍桜くんは一線を越えちゃったのよ。腹をくくりなさい。わたし、パパの願望を叶えるためにアイドル活動なんてさせられているけど、男の子の体にも興味があるわ。普通のことでしょ」

「……わかった。あ、いや、ちょっと待って」

覚悟を決めた龍桜だが、さすがに警察所内で下半身を露出させることに躊躇いを感じた。ソファから立ち上がり、入り口の扉の鍵を確認。施錠《せじょう》をしてからかなの下に戻ってきた。

そして、頬を染めてソファに座っていたかなの前で仁王立ちすると、ズボンと下着を下ろす。

「これでいいか」

いきり勃つ男根が、かなの鼻先にくる。

ソファに猫のように四つん這いになったかなは、男根を見上げて寄り目になった。

「うわ、これが本上くんのおち×ちんなんだ。予想はしていたけど、おっきい。なんか黒光りしているよね。まさにビッグマグナムって感じ。どんな女もこれで撃たれたらイチコロってやつ？」

制帽をかぶったまま悪戯っぽく笑ったかなは興味深そうに、男根を矯《た》めつ眇《すが》めつ観察した。さらに尿道口に小さな鼻を近づけると、クンクンと犬のように匂いを嗅《か》ぐ。

たしかに、かなの小さな顔との比較で、自分の男根が異様に大きく感じる。

ひととおり観察したかなは、龍桜の顔を見上げてきた。

「ねぇ、触ってもいい？」

「ああ」

龍桜がぎこちなく頷くと、かなは左右の手で男根を包むように伸ばして、しばし躊躇ってから、右手の人差し指で亀頭部の先端、尿道口をツンと突っ突く。

細い指先と男根の間に、透明な細い糸ができた。そして、プツリと切れる。

「っ！」

大きな目をさらに大きくしたかなは、改めて両の手のひらで男根を恐るおそる包む。

「あったかい。それにガチガチ。でも、しなやかな感じもするわね。これだと拳銃と言うより、竹刀かな」

さまざまな感想を言いながら、かなは男根の表面をさらさらと撫でる。さらには肉袋に興味を持った。

「ここが陰嚢ってやつよね」

「ああ」

かなは右手の手のひらを皿のようにして、陰嚢を乗せると、まるでお手玉でもするかのようにポンポンと軽く上下させる。

「あはっ、これが本上くんのキンタマなんだ。さすがキンタマって言うだけあって、すごい重たい」

ひととおり逸物で遊んだかなは、署長の制帽を右手で抑えながら質問してきた。

「ねえ、舐めてみていい？」

「いや、さすがにそれは……」

もちろん舐めてもらいたい。しかし、改めて聞かれると、答えに困った。

言いよどむ龍桜に、かなは眉を吊り上げる。

「あら、わたしに逆らえる立場だったかしら？　わたしは警察署長よ。本上くんはヒラ巡査」

「その設定、まだやるの。わかりました。好きにしてください、署長」

「わかればよろしい」

偉そうに頷いたかなは、龍桜の股の間に入ると、まずは肉袋に接吻した。

そして、龍桜の顔を見てニコリと笑う。

（いや、そんないかにも清純派アイドルって笑顔で、おち×ちんにキスされてもな……無茶苦茶興奮します）

小さな唇からニトログリセリンでも注ぎ込まれているかのようで、睾丸の中から爆発しそうだ。

かなのほうは、興味深そうにチロチロと二つの睾丸を舐め回す。

「うふふ、本上くんのおち×ちん、始めは大きくていかついと思ったけど、馴れてくると意外とかわいいわね。嫌いじゃないかも」

肉袋をぞんぶんに探ったあと、かなは両手で男根を挟んだ。そして、龍桜の顔を見上げながら裏筋をチロチロと舐め上げてくる。

（ヤバ、ち×ちんを舐めているリンダの顔、滅茶苦茶かわいい。惚れそう）

住む世界が違う女だということはわかっている。現在、こういうエッチなことをしているのも、単なる暇つぶしだ。勘違いするな、と自分に言い聞かせるのだが、自分の汚い生殖器を舐めてもらっていると、抑えようのない愛しさがこみ上げてきて胸の奥でグルグルする。

かなの舌先は陰茎小帯に達し、さらに亀頭部、尿道口に達した。

先走りの液が、かなの舌に付着する。

それを口内に戻したかなは、よーく味わったあとで、再び亀頭部を頭からパクリと咥えてしまった。

「あ、おい」

龍桜が止めるまもなく、かなは男根を思いっきり頰張ってしまった。

「ふむ、ふむ、ふむ……」

口が塞がってしまったかなは、鼻で息をしながら一生懸命に男根を吸っている。

かなの小さな口に、龍桜の男根はいかにも大きすぎるようだ。口を開くのはつらそうだし、肉竿の半分以上は露出してしまっている。

(うわ、あのリンダが俺のち×ちんを咥えているよ)

はっきり言って下手糞だ。

三人の成人女性によって鍛えられた男根は、初めて男根を見て、フェラチオ初体験中の少女のご奉仕程度では、そう簡単に暴発するものではない。

しかし、制帽をかぶった黒髪の清純そうな少女が、一生懸命にご奉仕してくれている姿は、否応なく男心を昂《たかぶ》らせた。

さらにフェラチオをしながら、紺色のミニスカートに包まれたかなの小さな尻がクネクネと左右に動いていることに気づいた。

（あ、リンダのやつも、おち×ちんを咥えながら感じてきちまっているんだ）

女性は口の中にも性感帯があるらしい。だから、フェラチオをしていると、それだけで気持ちよくなってきてしまうのだ。

男根を咥え、頰を紅潮させたかなは、潤んだ瞳で見上げてくる。

（ヤバ、かわいい。可愛すぎる。もう我慢できねぇ）

さすがはアイドル。そのかわいらしさは別格だ。その清純派アイドルが発情した表情で、自分の汚い逸物を咥えてくれているのだ。凡庸《ぼんよう》な男に我慢できるシチュエーションではなかった。

欲望に負けた龍桜は、かなの口内に向かって欲望を吐き出してしまう。

ドクン！　ドクン！　ドクン！

男根が脈打ち、大量の液体を口内で受け止めたかなは目を白黒させる。なんとか耐えていたが、射精が終わったときには我慢できずに吐き出して、涙を流しながら咳き込んだ。

「くっ、ごほん、ごほん」

見かねた龍桜は、かなの傍らに座ると、その背中を擦ってやる。

「大丈夫か？」

「うん、すごい匂い。青臭い匂いが、鼻の奥にツンってきた」

「そうか、ごめんな」

ハンカチで、かなの口元を拭ってやる。

「ありがとう。もう大丈夫」

「どういたしまして」

そう応じた龍桜は、かなを抱き枕のように自らの膝の上に乗せると、背面で抱きかかえてしまった。

「え、本上くん？」

「署長どの、お暇のようですので、おっぱいでも揉んで差し上げましょう」

嘯いた龍桜は、かなの警察署長のジャケットの前を開き、紺色のネクタイと「一日警察署長」と大書された襷はそのままに、その下の白いブラウスのボタンを外しだした。

「ちょ、ちょっと、本上くん!?」

自分が小悪魔的に翻弄することはあっても、龍桜がここまで積極的になるとは予想していなかったようである。

かなは、いまさらながら慌てた。

しかし、女は背後から抱きしめられると意外と逃げられないものである。

それをいいことに、龍桜はかなのブラウスのボタンをすべて外してしまった。

薄い桃色のブラジャーが露出する。

大人の女性の下着に比べるとセクシーさはない。とはいえ、かならしいファンシーなお洒落さを感じさせた。

それをたくし上げて、乳房を露出させてしまう。

(おお、これがリンダのおっぱいか、さすがに綺麗だな)

大きさでいえば、十七歳の女子高生という枠を出ない。小柄な体軀にしては、大きめといった程度だ。

成人女性の乳房を見慣れている龍桜から見ると、ささやかな膨らみだ。しかし、形はかなり美しいと思う。乳首も小粒で綺麗なピンク色だ。まるで桜の花びらのようである。

その二つの乳首を、龍桜は指で摘まんでしまった。そして、シコシコと扱いてやる。

「あ、ちょっと、ああ、これは、洒落にならないっというか、ああん♪」

清純派アイドル女子高生もフェラチオ体験でかなり興奮していたのだろう。乳首は小粒梅干しのようにコリコリになっていた。

それを容赦なく扱いてやる。

「ああん、こんなのダメ、ああ、そこそんなにされたら、わたし、わたし、わたし、あぁ、あぁ、あぁ」

言葉とは裏腹に、かなの声は弾んで嬉しそうである。

(どんなお嬢様でも、アイドルでも、警察署長でも、気持ちいいものは気持ちいいということか)

執拗に乳首を扱かれたかなは、トロンとした顔で半開きにした口元から涎を垂らしてしまっている。

「署長が始めたことですよ。時間までの暇つぶしにたっぷりとサービスしますよ」

気をよくした龍桜は、右手を下ろしてかなの太腿を撫でた。

若さを見せつけるためだろうか、パンストの類は履かれておらず生足だった。

その細く白い太腿を撫で上げ、紺色のスカートの中に入れる。

「あ、そこは……ダメ」

いまさら恥じらったかなは、慌てて両膝を閉じた。しかし、その間に龍桜はスカートそのものをたくし上げて腹巻のようにしてしまった。

ブラジャーとおそろいのファンシーな桃色の下着があらわとなる。

二本の脚孔の間にあるクロッチ部分はすでに変色して、大きなシミができていた。

そこを龍桜の指先で押してやる。

「あれ、署長。この濡れ染みは何ですか？」

「本上くんの意地悪……」

赤面したかなは、恨めしい顔で背後を睨む。

「くっくっくっ、かわいい顔して署長も好き者ですね」

耳元で意地悪くからかいながら、龍桜の指先はパンティの染みを執拗になぞる。

濡れた布地は、中身にぴったりと張り付き、肉裂が浮き出て、さらに陰核の膨らみまで指先に伝わってきた。

「ああ、ダメ、ああん」

男に背後から抱きしめられ、乳房と股間を執拗に弄り倒された警察署長の服装をした美少女は身悶える。

（こんなかわいくても、リンダもやっぱり女なんだな。もしかして、自分でここを弄ってオナニーとかしているのかな）

清純派のキュート美少女である。性欲とかなさそうだし、自瀆など絶対にしない雰囲気なのだが、実際は陽子や和佳奈や綾と同じなのだ、と龍桜に自信を与えた。

執拗に濡れたパンティの生地をなぞり、特に陰核あたりは削れて毛玉ができるほどに擦ってやる。

「ああ、もう、ダメぇぇぇ」

涎で口元を濡らしたかなは、情けない声を出して脱力した。

（あ、あのリンダが、イッちゃった）

自分で絶頂させようと指を動かしていたのに、龍桜は驚いてしまった。

「はぁ、はぁ、はぁ……」

制帽をかぶったかなは、項まで赤くして俯いている。

荒い息をしているかなの細い項を見ていたら、龍桜は我慢できなくなった。

（もっともっと、かなの痴態を見たい）

誘惑に駆られた龍桜は、膝に抱えている少女の濡れたパンティを下ろしにかかる。かなは抵抗しないどころか、腰を上げて協力してくれた。

パンティを太腿の半ばまで下ろしたところで、あらわとなった股間を見下ろして龍桜は少し驚く。

なんと白い下腹部にいきなり亀裂が覗き、陰毛が一本も生えてなかったのだ。

背後の男の戸惑いを察したのだろう。かなは恥ずかしそうに言い訳する。

「水着になるとき、ハミ毛したら嫌だから、剃っているの……」

「そうなんだ。綺麗だよ」

アイドルである以上、水着撮影の機会は多いのだろう。

つるつるの肉の割れ目からは蜜が溢れている。そこを右手の人差し指、中指、薬指の三指で塞いだ龍桜は、かなの体を右に向けさせると、左手を背中から回して、左の乳房を摑んだ。そして、顔をかがめて右の乳首を口に含む。

「ああん」

男の膝の上で横抱きにされた状態で三点責めにされた少女は、実に気持ちよさそうな嬌声を張り上げたが、その声量に龍桜は驚く。

「リンダ、ちょっと、声が大きすぎ」

「わ、わかっているんだけど、こんなことされたら声出ちゃうよ、あん、本上くんの手、気持ちよすぎる、ああん、あん♪　あん♪」

どう頑張ってもかなの声量は、押さえられる雰囲気ではない。

これが自宅だったら問題ないのだが、警察本部の一室である。

だからといって、いまさらやめることができるほど、龍桜の自制心が強くなかった。

「仕方ないな。ほら、これを咥えて」

かなの太腿の半ばで止まっていた濡れたパンティを抜き取ると、それを口に咥えさせた。

「うー」

自分の脱ぎたての愛液に濡れたパンティを咥えるのは、気分のいいものではないだろう。しかし、同時に被虐《ひぎやく》的な歓びも感じるようで、かなの顔はますますトロンとしてしまった。

かわいい女の子は、どんな姿でもかわいい。警察署長の服装で、パンツを咥えている表情も可愛かった。

その艶姿に魅《み》せられた龍桜は、右手で指マンしつつ、左手で乳房を揉み、唇で乳首を吸った。

「うー、うー、うー、うーーーッ」

男の膝の上で警察署長の服装をした少女は、激しくのけぞった。

かなが絶頂したことを悟った龍桜は、股から指を抜いて、かなの鼻先に翳す。

「ほら、見て。すごい濡れっぷり」

「うう」

自分の滴る愛液を見せつけられて顔を真っ赤にした、かなは激しく首を横に振るう。

「さて、それじゃいくよ」

「うー！！」

口の利けないかなは、「まさか」といいたげな顔で目を見開く。

すでに二度の指マン絶頂で、腰が抜けたようだ。たいした抵抗はできない。

それをいいことに龍桜は、背後から情け容赦なく彼女の細い脚を抱えてM字開脚にしてしまう。そして、濡れぬれのパイパン女性器の下に、いきり勃つ男根を添える。

「うーうー」

かなは「ダメ」と訴えて、逃げようとしているようだが、男の膂力《りょりょく》からは逃げるすべがなかった。

龍桜としても逃がすつもりはない。

(かなとやってみたい)

オスとしての本能に逆らえなかった龍桜は、かなの体を下ろした。

男根は狙いたがわず、膣穴に嵌《はま》り、そして、ぶち抜く。

ブツン!

処女膜を打ち破ったたしかな手ごたえに続いて、男根は狭い肉洞を押し広げながら進んでいき、がっつり最深部まで捉《とら》えた。

「うー」

背面の座位で結合された一日警察署長の襷をかけた少女は、濡れたパンティを咥えているため、悲鳴すらあげることができず、両目から涙を流した。

(うわ、リンダのオマ×コ、セマ! それなのにすげぇザラザラ、襞すご。まるで仔猫の舌にでも包まれているみたいだ)

幼馴染みの少女の処女を奪ってしまった龍桜は、本能の赴《おもむ》くままに腰を上下させる。

「うっ、うっ、うっ、うっ、うっ」

破瓜の痛みに涙する少女の膣圧の前に、凡庸な少年はすぐに限界を迎えた。

「かな、いくよ」

一日警察署長の耳元で宣言すると同時に、龍桜は欲望を爆発させた。

ドビュ！　ドビュッ！　ドビュッ！

「うーーー！」

初めての膣内射精の感触に、パンティを咥えた一日警察署長さまは激しく呻いた。

「ふぅ、大丈夫だったか」

思う存分に射精して満足した龍桜は、パイパン股間から男根を引き抜くと、脱力している一日警察署長の口元からパンティを抜き取ってやる。

「はぁ、はぁ、はぁ」

かなは意識ここにあらずといった感じで喘いでいるので、龍桜はティッシュでかなの股間を拭いてやる。

白い紙が、赤くなった。

そのあと、なんとか理性を取り戻したかなは、龍桜は腕の中から出て、独り床に立ち、いそいそとパンティを穿きなおす。

「イタタ……これが噂に聞いていた破瓜の痛みってやつね。まったく、まさかこんなところで、本上くんにやられちゃうなんて思わなかったわ」

「ごめん」

「別に謝ってほしいわけではないんだけど……ただ本上くん、すっごい女性の扱いに慣れている感じだった」

ジト目で睨まれた龍桜は内心で肩を竦める。

（そりゃ、ムッチムチの牝盛りのお姉さんたちに鍛えられているからな）

という言葉は呑み込む。

深くは追及せず、乱れていた一日警察署長の衣装を整えていたかなが、ブルリと身震いした。

「あん、やっぱり、濡れたパンツって気持ち悪い」

「悪い」

申し訳ない気分にはなるが、龍桜としてはどうしようもない。

さらに、かなは悶絶する。

「やだ、さらに中から溢れてきちゃった。本上くんの熱いドロドロしているものが中にいっぱい詰まっているから……もうパンツの中、グチョグチョよ。こんな状態でわたし、人前に出ないといけないの」

世にも情けない顔をするかなを、龍桜は必死になだめる。

「いや、まぁ、その、なんだ。スカートは履いているわけだし、傍目《はため》にはわからないって」

「もう他人事《ひとごと》だと思って。責任……とってもらうからね」

貞操《ていそう》を奪った男に対して散々に悪態をついたかなであったが、さすがはプロというべきだろう。

一日警察署長の任は立派に果たし、感謝状の授与式も滞《とどこお》りなく行われた。

第六章　僕だけの婦警ハーレム

「今日はアイドル活動に行かなくていいのか？」

　放課後、部活を終えた本上龍桜が荷物を取りに教室に戻ると、西日射す室内に二見高校の冬用の制服であるブレザーを着た女子が独り残っていた。

「わたしは売れっ子ってわけじゃないんだから、そんなに時間に追われていないわよ。そんなことより、刑事さん、最近、署長を蔑《ないがし》ろにしていない？」

　机の端に腰を下ろしたかなは、細い両足をプラプラさせる。

「へ？」

「だってあれから、本上くん相手にしてくれないんだもん」

　困惑する龍桜に、拗《す》ねた顔のかなは机の縁に座ったまま、紺色の襞スカートの裾をたくし上げる。

細い太腿の奥からファンシーな桃色のショーツを見せながら、ご当地アイドルは悪戯っぽく笑った。

「パパに言いつけちゃおうかな？」

「はいはい」

小悪魔の脅しを装ったお誘いに応じた龍桜は、ただちにかなの前に跪《ひざまず》くと、ピンク色のパンティの腰紐に手をかける。

かなは両手を机に置いて腰を上げたので、スルスルと脱がすことができた。

教室ですべてを脱がすのはまずいと思い、右足だけ抜いて、左足首にリボンのように残す。そして、白い靴下の履かれた両の踵《かかと》を机の縁につけさせたM字開脚にさせる。

パイパンの亀裂があらわとなった。

「もしかしてリンダ、欲求不満だった？」

「べ、別にそういうわけじゃないけど、あの一回だけで、そのあとぜんぜん相手にしてくれないんだもん。不安になるわよ」

「それは悪かった。だだ、リンダは忙しいから、どう誘っていいかわからなかったんだ。俺としては、ものすごくやりたかったよ」

謝罪しながら龍桜は、ツルツルの陰阜を撫でた。

「わたしがアイドル活動をしているからって、遠慮しないでいいのよ。やりたくなったらいつでも言ってくれて。わたしは本上くんの女なんだから」

「そ、そうか……」

正直、いまのいままで龍桜はかなを自分の女だとは思っていなかった。警察本部でやってしまったのは、その場の勢いというのにすぎない。

だから、かなの主張に戸惑った。だが、宣言されたことで、実際に自分の女だと実感が持ててしまう。

(自分の女を欲求不満にするのは、男として最悪だよな。思いっきり楽しませてやろう)

そんな使命感に燃えて、無毛の肉裂の左右に人差し指と中指を添えて、ぐいっと開く。

「あん」

「これがリンダのオマ×コか。やっぱオマ×コも綺麗だな」

美しいサーモンピンクの肉羽が、まるで小さな蝶のようであった。

前回、かなの処女を奪ったとき、背後から抱きしめて指マンしただけで挿入してしまったから、観察することができなかった。

「いやん、そこはあんまり見ないで」

羞恥の悲鳴をあげたかなは、龍桜の頭から襞スカートをかぶせてきた。

そのため視界を塞がれてしまったが、美しい蝶のいた場所は覚えている。恭《うやうや》しく口づけをし、丁寧に舐めはじめる。

「あん、そこ、舐める？　あん、恥ずかしい。恥ずかしいけど気持ちいい～、ああ、ああ～」

襞スカートの上から龍桜の頭を抱いたかなは、気持ちよさそうに喘ぐ。

視界はきかないが、陰毛がないから、クンニもしやすい。

舌感覚だけで、陰核から膣穴に至るまで舐め回した。

「あん、そこダメ、気持ちいい、気持ちいい、もう、もう、わたし、ひぃ、イクイクイク、もうらめぇぇ」

いかに清純そうな乙女であっても、女性器を入念に舐め穿られては理性を保てない。

かなは襞スカートをかぶせた男の頭を両膝で締め、さらに上から抑えた。それが緩んだところで、龍桜はスカートの中から顔を上げる。

机に仰向けになっていたかなは両腕を伸ばし、龍桜の顔を手で挟む。

「あん、わたしの恥ずかしい液体が、本上くんの顔にいっぱいかかっちゃった。ごめんなさい」

龍桜の顔を抱き寄せたかなは、舌を伸ばして自らの愛液をペロペロと舐めた。

それから潤んだ瞳で口を開く。

「たしかにわたし、アイドルの端くれだし、デートとかしたら事務所の人に怒られると思うけど、こうやって学校内ならみんなにバレないで、エッチなこと楽しむことできると思うよ」

かなの言わんとしていることを察した龍桜は、襞スカートをめくり、濡れた小さな蝶の羽のような大陰唇に、いきり勃つ男根を添えて露悪《ろあく》的に応じる。

「承知しました、署長。これから学校の休み時間とか、放課後にこの毛の生えてないオマ×コをズボズボに掘ってやる」

「その言い方……でも、お願い……本上くんに相手にしてもらえないと寂しい……」

さすがはアイドル。おねだりの表情が男心を掻きむしる。

たまらなくなった龍桜は、幾多《いくた》の成人女性を虜にしてきた男根を押し込む。

「ああ」

かなは両腕を頭上にあげてのけぞる。

相変わらず締まるというよりも狭い膣洞だ。それでいてザラザラの襞肉は豊富だった。自分の男根では破裂させてしまうのではないか、という不安を感じた龍桜は気遣う。

「リンダ、大丈夫か？」

「うん、今回は痛くない。本上くんのおち×ちんが、わたしの体の中で馴染んでいるのを感じる。わたしの体が本上くんに染め上げられていくみたいで気持ちいい」

「そうか」

キツキツではあるが、本人に痛みがないのなら安心だ。

（かなのオマ×コが、俺のおち×ちんの形に合わせて広がっていると考えると悪くないな）

自分の女は思いっきり楽しませたい、というサービス精神を刺激された龍桜は、ふと思いついた。

（いままでやったことないけど、小柄なかな相手ならできるかもな。いっちょやってみるか）

男らしさを見せつけたい気分になった龍桜は、机に腰かけたかなの小尻を摑んで、気合いを入れて持ち上げた。

「ひぃ!?」

対面の立体。俗に言う駅弁ファックと呼ばれる体勢となった。

男にはかなりの膂力を求められるが、かなの体重は軽いのでなんとかなりそうだ。

一方でかなのほうは、まるで男根一本で持ち上げられたような不安でも感じたのか、両手両足で必死に男にしがみついてくる。

(やっぱ、かわいい。俺がいままでやってきた女って、陽子さんも、遠藤先輩も、綾姉も性に積極的で恥じらいとかないもんな)

初々《ういうい》しい反応に嬉しくなった龍桜は、かなの両の尻朶を鷲掴みにしたまま、力の限り突き上げてやった。

ズン! ズン! ズン! ズン!

亀頭が子宮口を突き上げる。

「あっ、あっ、あっ、奥に、奥に、刺さっている。刺さっているよ。ああ、本上くんのおち×ちん刺さっちゃっている。気持ちいい、気持ちいい、気持ちいい」

清純派のアイドルといえども、男根を楽しむときはただの牝であるらしい。かなは大口をあけ、涎を噴きながらのけぞってしまう。

(うわ、いい表情。あのリンダが、俺のち×ぽで牝になってやがる)

前回は破瓜の痛みに涙していたが、今回は純粋に楽しんでくれているのがわかる。

安堵した龍桜は、かなの小尻を鷲摑みにして力の限り腰を振るい、そして、最深部に向かって思いっきり欲望を爆発させた。

「あああん、入ってきた。本上くんの熱いザーメンが入ってきた。ひぃぃ、気持ちいぃぃぃ」

人形のようにかわいらしい少女は膣内射精を受けて、男にしがみつき、背筋をのけぞらせて絶頂した。

この日を境に、龍桜とかなは学校内で人目を忍んで、肉欲を貪るようになる。

*

「俺、リンダのやつと付き合っていることになるのかな」

秋にしては暑い昼下がりであった。陽の光の中を歩いていると、汗が滲《にじ》んでくる。

この日の龍桜は、学校を休んで剣道の県大会に出場した。

すると、龍桜がかなと付き合っているという噂を信じた各校の対戦相手から、ものすごい殺意を向けられたのだ。

なんとか生きて大会を乗りきった龍桜は、学校には戻らずに、帰宅の途についていた。

その行く手をミニパトに塞がれる。

運転席の窓が開き、警察帽に黒髪を後ろで縛った凛々しい婦警が顔を出す。

「本上、県大会の優勝おめでとう」

「ありがとうございます。なんで知っているんですか？」

「ふふん、警察の情報網《もう》をなめたらダメよ」

和佳奈は悪戯っぽく笑ったが、警察には剣道経験者が多い。和佳奈もまた剣道の有段者だ。さまざまな人脈はあるのだろう。

「お祝いしてあげるから、乗って乗って」

助手席にいた能天気な婦警さんに促された龍桜は、やむなくミニパトの後部座席に乗った。

男子高校生を拉致したミニパトが止まったのは、以前にも来たことのある人気のない雑木林の中だった。

「こんなところに来なくても、俺、いつでもお二人の部屋にいくじゃないですか？」

呆れる龍桜に、新米婦警の綾が応じる。

「仕方ないでしょ。町で龍桜くんを見かけたら、それだけであたしたちのオマ×コはジュンッと濡れだすようになっているんだから」

指導役の和佳奈が、同意の表情で頷く。

「それに今日は天気もいいし、温かいからね。本上の優勝祝いってことで、わたしたちなりにサービスしてあげようと考えたわけよ」

「はぁ」

和佳奈、綾、龍桜の男女三人はミニパトの車外にでた。

制服姿の婦警さん二人は、さながらグラビアモデルのようにポーズをとりながら、ミニパトのボンネットに軽く腰をかけると、和佳奈が意味ありげに笑う。

「うふふ、警察官の制服でやれると思うと萌えるでしょ。本上は婦警の制服フェチっぽいし」

「そんなフェチってほどじゃないですよ。嫌いではないですけど……」

謂れない性癖の指摘といいたいところだが、否定しきれないものを感じて龍桜は言葉を濁した。

「龍桜くんを楽しませてあげようという、あたしたちの心遣いを感謝してほしいわ」

綾は明るく笑って、腰の括《くび》れを強調したシナをつくる。

（綾姉がそういうポーズを取ると、アダルトビデオの女優さんが婦警のコスプレして

いるようにしか見えないんですけど……本物なのに）

頭痛を感じる龍桜をよそに、ノリノリの婦警たちはネクタイをそのままに、警察の肩章のついた水色のワイシャツのボタンを外していく。

綾は黄色、和佳奈は若草色のセクシーなブラジャーを着用していた。

明らかに男に魅せることを意識したセクシーランジェリーと呼ばれる類のものだ。

「ふふん」

思わず目を奪われる龍桜の顔を見て、してやったり顔になった和佳奈と綾は、同時にワイシャツの中からブラジャーだけ抜き取った。

バインッと白いロケットおっぱいと、浅黒い肉まんおっぱいが、婦警の制服の胸元から飛び出す。

「こういうのはどうかな？　本上」

おっぱい丸出しの和佳奈は、右手をあげて腰を左に突き出して、セクシーポーズをとってみせる。

「龍桜くん、こういうの好きでしょ？」

綾は反対に、左手をあげて腰を右に突き出して、セクシーポーズをとってみせる。

「……」

生乳さらした婦警さんたちのどや顔が少しばかり癇に障るが、龍桜は屈服《くっぷく》した。

「大好きです！」

おっぱいセクシー婦警さんたちに挑発されて、勝てる道理がない。

和佳奈が乳房を持ち上げるように腕を組み、満足げに頷く。

「素直なことはいいことよ」

「うんうん、龍桜くんはおっぱい星人だもんね」

綾の指摘に、龍桜は内心で反発する。

（俺は、おっぱいが好きなんじゃない。女性の体が好きなんだ。おっぱいは、そのうちの一つにすぎない……極めて重要な一つだが）

とはいえ、彼女たちの作戦は成功であったことは否定できない。

毎日のように学校帰りに警察宿舎に立ち寄って、どちらか一方と、ときには二人同時に楽しませてもらっているのだ。

どんなに美味な食事でも毎日食べていれば、飽きないまでも、普通になってしまう。

龍桜にとって、綾と和佳奈はいつでもエッチさせてもらえる、お米やパンのような存在になっていた。

それが警官の制服のままでのエロアピールは新鮮で、新たな昂りを感じる。それも野外で、こんな姿をしてくれたのだ。

（なんと言うか、ありがとうございます）

土下座して感謝したい気分である。そして、歓喜の心の動きが肉体の変化として出てしまうのが男である。

乳房をさらした婦警さんたちは目線で頷き合うと、龍桜の前にしゃがみ込んだ。

龍桜の右手に和佳奈、左手に綾である。二人はズボンからいきり勃つ男根を引っぱり出す。

「おお、見慣れたおち×ちんも、太陽の光の中で見ると新鮮」

「うんうん、おっきなおち×ちんも雄大な自然の中で見ると、ちっちゃく見えるわね」

男根を手に取った綾と和佳奈は、男根を挟んで接吻する。

二人にとっては慣れた玩具だ。

「レロレロレロ……」

唇の間に挟んだ男根を、舐めしゃぶりつつ二人は息を合わせて、亀頭から肉袋までたっぷりと唾液を塗りつける。

二つの睾丸をそれぞれの口に含んで、チュッチュッとしゃぶった二人は、目頭で合図を送り合い、いったん逸物から離れた。

「うふふ、龍桜くんのおち×ちんって、本当に卑猥な形しているわよね。こんなイヤらしいおち×ちんの持ち主は、あたしたちが抜いてあげないと、犯罪者になってしまいそうで心配」

「うんうん、わたしたちが体を張ってエッチするのは、世界の平和と社会の秩序《ちつじょ》を守るための、やむをえない行為ということね」

綾と和佳奈は、唾液と先走りの液で濡れた男根を見上げて意味ありげに笑い合い、それぞれ自慢の乳房を両手で抱えて持ち上げた。

「それでは、いくわよ」

「そ〜れ、合体」

ロケットおっぱいと肉まんおっぱいがくっつき、狭間で男根は潰された。

ムチ！

巨大な肉の塊《かたまり》に急所を挟まれた龍桜は、感動の声をあげてしまった。

「おお」

「どお、わたしたちのおっぱいに包まれた気分は？」

和佳奈に促され、龍桜は喘ぎながら答える。

「し、幸せです」

水色の制服を着た婦警さんたちが、野外で乳房だけ露出させ、その合計四つの肉塊で男根を挟んでくれているのだ。

それはまさに、夢の光景である。

(婦警さん二人によるダブルパイズリ、絵面《えづら》ヤバ)

ただでさえパイズリというのは女性の象徴で、男性の象徴を包み込むという非常に心動かされる光景だというのに、それが二人がかりである。

「うふふ、龍桜くんのエッチ」

「まだ学生の分際で、婦警にこんなことをさせるだなんて。将来が心配だわ」

警察のポスターに使われそうな真面目そうな婦警さんと、アダルトビデオのコスプレのようなエロエロ婦警さんは、好き勝手なことをいいながら、乳房の谷間から飛び出した亀頭部に舌を伸ばして、レロレロと舐める。

(こ、これは気持ちよすぎる)

すぐにでも射精してしまいそうだが、それではもったいない。龍桜は必死に我慢した。

しかし、そんな少年の踏ん張りを嘲笑うようにどや顔のお姉さまたちは、赤く濡れた卑猥な舌を伸ばし、交互に尿道口をえぐる。そして、吸った。

「あ、もうダメ……」

婦警の制服をきた痴女たちの豊乳と舌技の前に、龍桜は屈服した。

柔らかい乳肉に包まれた男根の中を、熱い血潮が駆け上がり、女たちの舌によって舐め穿られた尿道口から白濁液が溢れ出す。

ドビュドビュドビュ……。

「キャッ、こんなに出して」

「制服にかかったら、クリーニングが大変なのよ」

文句を言いながらも和佳奈と綾は、少年の吐き出す白濁液を嬉しそうに顔に浴びた。

「うふふ、美味しい」

射精が終わり、くっついていた乳肉を離した二人は、互いの美顔や胸元にかかった白濁液を舐め合った。

(うわ、ほんとエッチだよな、この二人)

呆れながらも惚れなおす龍桜の前で、ひととおり綺麗にした婦警さんは立ち上がった。

「さぁ、次はわたしたちの番よ」

「龍桜くん、お願い」

和佳奈と綾は、ミニパトのボンネットに上半身を預けると、臀部を龍桜に差し出しつつ、警察の制服であるズボンを下ろした。

和佳奈は若草色、綾は黄色の華やか下着に包まれた尻をクネクネと捻って挑発してくる。いずれもパンティでは吸収しきれなかった愛液で、内腿を濡らしていた。

「まったく、こんな破廉恥な姿をだれかに見られたらどうするんですか？」

文句を言いながらも生唾を飲んだ龍桜は、華やかなパンティに包まれた臀部の尻の割れ目あたりに指をかけて、ずいっと太腿の半ばまで下ろした。

ヌラーと透明な糸をひきながら、きゅっと筋肉質に吊り上がった生尻と、デンと左右に張った生尻が二つ飛び出す。

「このエロ尻たちは、俺だけのものなんですよ」

勇んだ龍桜は、両手で二つの桃尻を鷲掴みにする。

「ああん」

臀部を鷲掴みにされることで、女たちは男の所有物であるという被虐的な歓びを感じるようだ。龍桜もまた、このエッチなお姉さんたちは俺のものだ、という所有欲が満たされる。

それから尻肉の間に指を入れて、ぐいっと開き、肛門をさらしてやった。

「遠藤先輩、綾姉、二人ともアナルまで太陽の光があたっています。影もなく皺の一本一本までよく見えますよ」

「あん、見ないで」

「いまさら、なにを恥ずかしがっているんですか？　お二人の体で、俺が見たことのない場所なんて残っていませんよ。隅々まで舐めたし、精液も擦り込みましたからね」

恥ずかしがるお姉さまたちの尻を押さえつけ、龍桜の指先は二人の肛門から会陰部、そして、肉裂をゆっくりとなぞる。

「うん、うん、ふむ」

ミニパトのボンネットに乳房を押し付けたお姉さまたちは、自分の体の秘密を知り尽くしてしまっている少年に身を預けて、気持ちよさそうに喘いでいる。

頃合いを見計らっていた龍桜は、二人の会陰部を親指で、クイクイッと押してやった。

「ああん」

甘い悲鳴の二重奏とともに、二つの閉じていた肉裂から、濃厚な液体が滴り陽光に白く輝いた。

　そこで龍桜は、左右の人差し指と中指で、それぞれの肉裂の左右にあてて、ぐいっと開く。

「あん」

　羞恥の悲鳴をあげるお姉さまたちの生殖器を、龍桜は覗き込む。

　和佳奈のほうは赤みが全体に強い。綾のほうは桃色に近く襞が肉厚だ。いずれの媚粘膜も陽光を浴びて光り輝く。

「うわ、綾姉のオマ×コも、遠藤先輩のオマ×コも、太陽の光のもとで見るとまったく印象が違いますね」

「そ、そう」

「あん、そんなに見ないで、恥ずかしい」

　和佳奈も綾も、すでに龍桜に視姦されていない箇所は残っていないという自覚はあっても、陽光にさらされて改めて含羞がこみ上げてきたようだ。

「二人とも綺麗ですよ。このオマ×コたちは俺の宝物です」

　龍桜の心からの宣言に照れた婦警たちは、ミニパトのボンネットに突起した乳首を押し付けたまま、デカ尻をクネクネと動かす。

「ああん、いきなりそういう恥ずかしいこと言う」

「そうだよ。そのオマ×コは、龍桜くんだけのものなんだからぁ」

発情するお姉さまたちの痴態に気をよくした龍桜は、さらに両手の人差し指と中指を、膣穴にねじ入れた。そして、ぐいっとV字に開く。

「ああ」

背筋をのけぞらして悲鳴をあげるお姉さまたちの、ぬちゃっとした肉穴を覗き込みながら、龍桜はからかってやる。

「あはは、二人ともオマ×コの奥まで太陽の光が入って、子宮口まで見えちゃいましたよ」

「もう、龍桜くんのエッチ〜」

膣奥まで覗かれる恥ずかし責めに、溢れる愛液は滝のようだ。その光景に満足した龍桜は、満を持して、左右に並んだ女性器に交互に接吻する。

「あっ、あっ、あっ」

「龍桜くんの舌、気持ちいいよ〜〜〜」

二人の性感帯を知り尽くしている龍桜は、左右の指で陰核をこね回しながら、二つの膣穴を交互に啜る。

ジュルジュル……。

さらには舌を入れて、グリグリと舐め穿った。

綾のほうが若干、酸味が強い気がするが、二人の愛液にそれほどの違いがあるわけではない。龍桜にとっては大好物だ。この二つを交互に舐めるのなら、食事のとき、甘いものとしょっぱいものを交互に食べるようなもので、いつまでだって飽きることなく続けることができる。

入念な愛撫と視姦で辱《はずかし》められたお姉さまたちは、もう我慢がならないと悲鳴をあげた。

「ああん、早く龍桜くんのおち×ちんを入れて」

「ああ、わたしのオマ×コは、本上のぶっといおち×ちんを入れてもらわないと落ち着かないのよ」

綾はもちろん、和佳奈まで、恥じらいもなく懇願してくる。

すっかりでき上がってしまった婦警さんたちの痴態に苦笑した龍桜は、彼女たちの尻から顔を上げて立ち上がった。

「まったく、エッチな婦警さんたちだな」

嘲笑とは裏腹に、龍桜の男根もまた隆《りゅうりゅう》々と復活していた。

それを後ろ手に見た二人は、表情を輝かせる。

「早く、早く」

「ああん、焦《じ》らさないで」

「はいはい、わかっていますよ。お二人のオマ×コは俺のものですからね。俺が責任を持って面倒をみます」

龍桜はいきり勃つ逸物の切っ先を、まずは濡れ濡れの和佳奈の膣穴に軽く添えた。

「あん」

和佳奈は歓喜の声をあげたが押し入れはせずに、愛液の糸の引いた男根を、隣の綾の膣穴に移動する。

「うん」

綾の膣洞を浅くえぐったが、すぐに再び和佳奈の膣穴に移動する。

二つの蜜壺を移動する作業を何度も繰り返していると、二つの女尻の密着している尻朶には、蜘蛛の糸のようにいくつもの筋が入り、光り輝く。

(そろそろ頃合いかな)

二つの膣穴が物欲しそうに吸引してくるというよりも、龍桜が我慢できなくなって男根を押し込んだ。

「ああん」

じっくりと焦らされただけに、男根を打ち込まれただけで女たちは軽い絶頂に達してしまったようだ。

そのあとも、男根は二つの肉壺を一突きごとに移動する。

(くっ、やっぱ、綾姉のオマ×コも、遠藤先輩のオマ×コも気持ちいいな。綾姉のオマ×コはこうむちっとしていて肉厚で、ヌルヌルと締まる。遠藤先輩のオマ×コは、剣道の達人だけあって、単にギューギュー締まるだけじゃなくて、奥と中と入り口近くの三カ所で締まる感じだ)

どちらがいいとか悪いとか、甲乙《こうおつ》をつけるものではない。

龍桜は二つの蜜壺を味わい尽くそうと、一突きごとにきっちりと子宮口まで叩き込む。

(リンダのオマ×コも悪くはないんたけど、なんと言うか、青い果実って感じがするんだよな。それに比べてこの二人のオマ×コは、いまが旬の食べごろって感じだ。たまらん)

龍桜は夢中になって男根を移動させた。

どちらも気持ちいいからやめられない。二つの極上膣洞を交互に楽しむというプレイは、加算の楽しみではなく、乗算の楽しみだ。

「ああん、龍桜くんのおち×ちん、犯罪的に気持ちいい、もっと、もっとちょうだい」

「ええ、どんなに真面目な婦警も、このおち×ちんの誘惑には勝てないわ」

綾も和佳奈も、トロットロになってくれている。

しかし、いくら気持ちよくとも、一突きごとに抜かれていたのでは絶頂することはできない。

逆に二種類の違う刺激を楽しんでいる男根は、否応なく昂ってしまう。

(くっ、そろそろダメだ)

我慢の限界を感じた龍桜は、男根を和佳奈の膣洞に入れたまま、綾の膣洞には左手の人差し指と中指を入れた。

そして、男根と二本の指をいっしょに激しく動かす。

「あん、あん、あん、あん」

「あん、あん、あん、あん」

龍桜がトドメを刺そうとしてきたことを察した二匹の牝獣は、ミニパトのボンネットにしがみつきながら牝声をシンクロさせる。

綾は自分の体内に入れられているのは男根ではなく、指だということはわかっているだろうが、文句はいわずに楽しんでくれている。

なぜなら、これが終わったあとに男根を入れてもらえるとわかっているからだ。

「も、もうダメ、イク、わたし、イク、いっしょに、いっしょに、お願い」

「はい。俺もイきます」

和佳奈の懇願に合わせて、龍桜は男根を思いっきり押し込み、子宮口に亀頭をぴったりと嵌《は》めた状態で射精する。

ドビュッ！　ドビュッ！　ドビュッ！

「あん、入ってくる。入ってきちゃう！　熱いザーメンを流し込まれる感覚。サイコー！」

膣内射精をされた婦警さんは、ミニパトのボンネットにしがみつきながら、ヒクヒクと痙攣する。

「ああん、あたしもイッちゃう」

ピクピクピク。

指マンされていた綾もまた、先輩と同じようにミニパトのボンネットにしがみつきながら絶頂した。

「ふぅ」

二人の淫乱婦警を同時に絶頂させるという大仕事をやり遂げた龍桜は、やりきったという満足の吐息をつく。

しかしながら、膣内射精されなかったお姉さまのほうはやはり不満だったらしく、すぐに訴えてくる。

「龍桜くん、次はあたし」

「はいはい、わかっていますよ」

和佳奈の膣洞から引き抜いた男根を、そのまま綾の膣洞に押し込む。

「ああん、もう先輩の中に出したばっかりなのに、こんなにガチガチだなんて、龍桜くんのエッチ〜」

「エッチなお姉さまたちと遊んでいれば、エッチになりますよ」

嘯いた龍桜は、綾の子宮口まで犯しながら、右手でボンネットにうつ伏せになっている和佳奈の乳房を握って抱き寄せた。

膣穴から白濁液を垂れ流していた惚けた顔の美人婦警さんは、ミニパトのボンネットから身を起こし、龍桜の首を両手で抱きしめながら接吻してきた。

「うん、うむ、ふむ」

ムッチムチのセクシー婦警さんを立ちバックで犯しながら、真面目な婦警さんの乳房を揉みつつ濃厚な接吻を楽しむ。

(まったく、こんなエロエロ婦警さんたちに捕まったら、どんな犯罪者もたちまち完オチだな)

田舎の人気のない雑木林の中とはいえ、真っ昼間に美人婦警さん二人との3Pを龍桜は心ゆくまで楽しんだ。

*

「ん、うん、うむ……」

県内でもっとも著名で豪華なシティホテルの一室。

大きなダブルベッドの上で、一糸まとわぬ裸体状態で金縁の横長眼鏡だけかけた浦田陽子は、仰向けでだらしなく膝を蟹股開きにして、寝台の隅で腰を下ろした龍桜の男根をしゃぶっていた。

かなのストーカー事件が解決しても、結局、龍桜は陽子に便利使いされていた。そして、週に一度の密会も続いている。

関係の始まった初期こそ、教えてあげるといった上から目線であった陽子だが、回数を重ねるごとに龍桜が有利になった。

なにせ、女から自分の好きなところを教えているのだから、気づけば陽子の性感帯は丸裸である。

いまも一戦終えたあと、完全に腰の抜けてしまった陽子は、黒々とした陰毛の萌える股間から、ドプドプと大量の白濁液を溢れさせていた。

そんなスレンダーで知的なお姉さまの痴態を眺めながら休憩していた龍桜は、手を伸ばし小ぶりだが形のいい乳房を揉む。

「陽子さんって最近、煙草吸いませんね」

膣内射精を終えたばかりの愛液と精液に穢れた男根を、美味しそうにしゃぶっていた陽子は、いったん口を離してクールに応じる。

「煙草の代わりにおち×ちんを咥えているから、それでよくなっちゃったわ」

「なるほど」

龍桜にはよくわからない理屈だが、煙草をやめたというのなら、健康にもいいだろうし、とやかく言うようなことではない。

龍桜のもの言いたげな顔に、なぜか照れた陽子が叫ぶ。

「そんなことより、おち×ちんに芯が戻ってきたわ。もうできるでしょ」

「はいはい」

セックスでイかすことができるようになったからといって、その命令に背くことなどできない龍桜は、改めて陽子の体を抱きしめようとしたところでふと思いつく。

「そういえば、陽子さんってアナル好きですよね」

「べ、別に好きじゃないわよ。あなたが勝手に触ってくるだけでしょ」

「いや、陽子さんの反応がいいからついつい触っているんですけど。ですから、一度やってみません？　アナルセックス」

龍桜の提案に、陽子は目を剝く。

「アナルセックスって、そんな……」

「いやなら無理強《じ》いはしませんけど」

金縁の眼鏡を整えた陽子は、いつものクールさを装いながらも、赤面した顔でジト目を作る。

「アナルセックスやりたいの？」

「ダメですか？」

年下の男に甘えられた女は、諦めの吐息をつく。

「まぁ、あなたがどうしてもやりたいと言うのなら……いいわよ。あ、でも、アナルに入れるつもりならコンドームをつけなさい。肛門の中は細菌がいっぱいよ。おち×ちんが病気になられても困るわ。それに終わったあと、わたしがしゃぶれなくなってしまう」

「あ、はい」

女それぞれの性癖だろうが、陽子はフェラチオが好きらしい。

先ほどの本人の言を信じるなら、煙草代わりに男根を咥えている。その大事なおしゃぶりを、自分の肛門とはいえ汚れてしまっては、口に咥えるのに抵抗を感じるのだろう。

「わかりました。コンドームつけます」

龍桜はただちに袋を切り、コンドームを装着した。

肛門を掘る気満々の年下の男を前に、やり手の女キャリアは溜息をつく。

「まったく、エッチなことばかり熱心なんだから。アナルセックスってどうやるの？　わたしも経験ないわよ……こ、こんな姿勢を取ればいいのかしら？」

初めての体験にさすがの陽子も戸惑っているようで、おろおろしながらも土下座するような姿勢となって、白い尻を龍桜に差し出してきた。

「はい、ありがとうございます。それじゃ入れますね。肛門の力を抜いてください」

「わ、わかったわ……」

クール系綺麗なお姉さんの白い小尻を摑んだ龍桜は、男根の切っ先を肛門に添えて、一気に押し込む。

ズブ……！

「はぅ！」

最近、セックスのたびに龍桜が弄っていたこともあって、陽子の肛門は緩くなってしまっていたのか、案外あっさり入った。

「ひぃ、これは……ああ、よ、予想以上に……あ、くっ、は、恥ずかしい……」

白絹のような陽子の全身の肌から、ぬめるような汗が噴き出している。

龍桜には想像することしかできないが、肛門に異物を入れられるというのは、単なる快感ではないのだろう。

肛門を広げられるというのは、どうしても排泄感覚に捕らわれる。

人間だれしも人前で排泄できるものではない。まして、女、それも地位も名誉もある女だ。

毎年、十人から十五人しか採用されない警察の高級官僚。ゆくゆくは日本の警察のトップになっても不思議ではない超エリート。

そんな身がいまだ十代の小僧に、アナルを掘られてしまっているのだ。いままで築き上げてきたものが、みな崩壊していくような感覚を味わっているのではないだろうか。

「陽子さん、アナルもいい感じです」

実際のところ、肛門の入り口がきつく締まるだけで、それほど気持ちいい穴ではない。やはり膣洞のほうが、男根を入れるための器官なのだと思った。

しかし、クールで知的なお姉さんが、アナル掘られて羞恥に悶絶している姿は、否応なく男心をくすぐる。

「そ、そう、あなたが楽しんでいるのなら、まぁ、いい、わ、うん」

必死に平静さを装うとする陽子の姿に、たまらなくなった龍桜は背後から抱きしめる。

「陽子さん、かわいい」

「か、かわいいって……年下のくせに」

だれが見ても才媛の陽子だ。昔から美人と言われることには慣れているのだろう。

しかし、このかわいげのない性格だ。かわいいとは言われ慣れていないのかもしれない。激しく動揺している。

「年上でも、かわいいものはかわいいですよ。俺、陽子さん大好きです」

ぼふっ！

という擬音が聞こえそうな勢いで、陽子の顔が真っ赤になる。

（どうせだし、陽子さんにはもっともっと辱めを楽しんでもらいたいな）

そんなサービス精神を刺激された龍桜は、陽子の細い体を抱え上げた。

「ひい」

男根が肛門に入った状態での背面の座位。さらに陽子の白く細い両足を摑んで、だらしないV字に持ち上げる。

「それじゃ、いきますよ」

宣言と同時に龍桜は、寝台のスプリングを利かせて、リズミカルに上下運動を開始する。

今は空の膣穴は開き、中に溜まっていた白濁液がブシュブシュと飛沫《ひまつ》をあげて噴き出した。

「あ、ダメ、これダメ、本当にダメ、ああ、許して、ああ、ひぃぃぃぃぃ」

知的美人なお姉さまが、若い男のぶっとい男根で肛門を掘られて、無様に悲鳴をあげる。

眼鏡の奥で白目を剝き、鼻の孔を長く伸ばして、だらしなく開いた口元からは舌と唾液を出す。

(うわ、陽子さんすごい顔。やっぱアナル好きなんだなぁ。理性がぶっ飛ぶほど感じてくれちゃって)

嬉しくなった龍桜がさらに激しく、男根で肛門を掘りまくっていたときだ。

不意に部屋の扉が開き、黄金の旭日章の輝く帽子をかぶり、肩章つきの水色のワイシャツをきて、藍色のズボンをきた二人組の女性が乱入してきた。

「動くな。青少年育成条例違反の現行犯です」

そう啖呵《たんか》を切ったのは、黒髪を後ろで縛った婦警だった。

「あ、ああ、あああぁぁぁ」

初めてのアナルセックスの体験中に、婦警二人に乗り込まれた陽子は、驚いてしまったのだろうか。

男根をぶち込まれている肛門の前、本来なら男根をぶち込まれているはずの穴が開き、その前から熱いゆばりが噴き出した。

シャー……!!!

初めてアナルに指を突っ込んだときも陽子は失禁していた。どうやら、肛門を広げられると、尿道まで緩くなってしまうものらしい。

「……」

あまりの光景に、制帽の下に赤茶けた短髪を隠した丸顔の婦警が引いた表情で口を開く。

「うわー……セックス中かも、とは予想していたけど、予想以上に酷い状態だった」

ばつが悪い顔をしている婦警さんたちが見守っているうちに、陽子の放尿は収まった。

あの気の強い陽子も、プライドが崩壊したらしく涙目でしゃくり上げているだけで、まともに会話ができそうにない。そこで、龍桜が口を開く。

「遠藤先輩に、綾姉、どうしてここに？」

「いや、龍桜くんがあたしたちの誘いに応じない日があるから、どうしてかな？　って疑問に思って調べたのよ」

和佳奈が続ける。

「で、毎週、そちらの浦田警視さんとこのホテルで密会しているって情報があってね。まさかと思って踏み込んだの」

「ほんとまさか、あのおっかない刑事課のオジサンたちに、鬼女とか女悪魔とか鉄の女とか呼ばれて恐れられる、泣く子も黙る女キャリアさまが、未成年にアナルを掘られて喜ばれているとはね」

ニヤニヤと悪戯っぽく笑った綾は、どこからともなくマジックインキを取り出して、キャップを取る。

その切っ先を陽子の白絹のような肌に下ろすと、キュキュと音を鳴らしながら筆を走らせた。

陽子の胸元から腹部にかけて「ショタコン」と大書される。

「ちょ、綾姉っ!?」

さすがに陽子が可哀そうになって、龍桜は窘めようとするも、それを無視して嗜虐的な笑みを浮かべた綾は、すっかり意気消沈している陽子に命令する。

「管理官どの、両手でピースサインしてみてください。そうしたら、今回のこと、無かったことにしてあげますよ～～」

いまだアナルに男根がぶっ刺さっているせいで、総身に力が入らないのだろう。

頭も上手く回転しないらしい陽子は、ズレた眼鏡の奥で白目を剥きながら、だらしなく緩んだ口元から涎を垂らした酷い表情のまま、両手を顔の横に持ってくると、震える指先でVサインをしてみせた。

それを見た綾は、手を叩いて喜ぶ。

「あはは、アヘ顔ダブルピースって本当にやっている人、初めて見ちゃった。管理官ってば最高。意外と話のわかる人だったんですね」

大喜びしている綾をよそに、陽子の精神状態が心配になった龍桜は、とりあえずアナルから男根を抜く。

キュポンッ！

コンドームは陽子の肛門に残り、男根だけ抜けた。

「はぁ、はぁ、はぁ」

寝台にうつ伏せになって肩で息をする陽子の背中に、和佳奈が憐《あわれ》むような表情で声をかける。

「まったく、キャリアともあろうお方が、未成年のおち×ぽを貪るだなんて……」

無言のまま肛門からコンドームを抜き取った陽子は、それを投げつけて叫んだ。

「キャリアキャリア、うるさいわね！　そりゃ、あんたたちみたいに若くておっぱい大きくておバカなら、みんなにかわいいかわいいって持て囃《はや》されるでしょうよ。わたしなんて上からはプレッシャーをかけられ、同僚とは足の引っぱり合い、部下からは怖がられる。親の顔を見れば結婚はまだかって急かされるけど、相手なんていないわよ。仕方ないじゃない。男は高学歴な女を煙たがるんだから。市民には税金泥棒って言われて、ドラマを見れば、わたしみたいなタイプは無能なお荷物。せめてものストレス解消に、煙草を吸えば眉を顰められる。わたしの楽しみはこの子のおち×ちんを食べることだけなのよ、悪い!?」

「あ、その、なんと言うか……ごめんなさい」

陽子の権幕に負けた和佳奈は、思わず真顔で謝罪してしまう。

綾もやりすぎたと思ったのか、おろおろした顔でフォローを試みる。

「あ、あの……管理官。ちょっと脅かしただけで、告発とかするつもりはありませんから、安心してください。あたしたちも同じ穴のムジナ……」

「知っているわよ。あなたたちもこの子とやっているんでしょ！　わたしを破滅《はめつ》させたら、あなたたちもいっしょに地獄行きよ」

「……」

陽子の迫力に、和佳奈と陽子は呑まれる。

どうやら、陽子は龍桜の行動をしっかり把握していたようだ。

浮気がバレたようなばつの悪さを感じている龍桜をよそに、女管理官は下っ端婦警たちを睨む。

「いままでどおり、本上龍桜はシェアということでいいわね」

陽子の念押しに、完全に位負けした綾がビビりながら頷く。

「そ、そうですね」

「わたしも、それがいいと思います」

和佳奈も頬に汗を流しながら同意する。

（あの～、俺の意思は……）

と龍桜は思わないではなかったが、口を挟める雰囲気ではない。

そこに、第四の声が混じった。

「そのシェア、わたしも参加する権利があると思いますわ」

そう言って入ってきたのは、雑誌のモデルのような華やかな桃色のドレスをきた小柄なキュート少女であった。

「リンダちゃん、どうしてここに？」

驚く綾に、かなは澄ました顔で一礼する。

「ここ、パパ所有のホテルなんですよ。だから、本上くんと浦田さんが毎週、密会に使っていることはわかっていました」

「……」

絶句する龍桜の横で、陽子が愕然《がくぜん》とした顔で呟く。

「あなた、林田かなにまで手を出していたの……」

どうやら陽子の情報網でも、学校内のことまでは把握できなかったようだ。

戸惑っている大人の女たちに向かって、かなはにっこりとした笑顔で説明する。

「安心してください。わたしも、本上くんにやられちゃっているだけの女です。みなさんと同じ、本上くんの肉便器なんですよ」

「肉便器って、そんな人聞きが悪い」

思わず口を挟む龍桜に、かなは小首を傾げる。

「あら、一度も好きだって言ってもらったことがなくて、デートに誘ってもらったこともない。ただ学校内でやられているだけの女って、他にどんな呼び方があるのかしら？」

「いや、だから、アイドルを連れて町を歩くわけにはいかないだろ」

龍桜の言い訳は完全にスルーされた。

和佳奈がジト目で口を開く。

「うわ、最低ね」

綾も軽蔑《けいべつ》しきった顔で決めつけた。

「うん、女の敵。間違いなし」

陽子は両手をシーツに付けて、悔しそうに呟く。

「さらに若い女が……」

慌てた龍桜は、情婦たちに必死に言い訳を試みる。

「いや、別にそんな酷いことはしていませんよ」

修羅場のなか、綾はふと閃いた様子で、小首を傾げて顎に人差し指を添える。

「あれ？　でも考えてみたら、あたしもないかも。エッチするようになってから龍桜くんとデートしてない」

夏に海に行ったことは、考慮してもらえなかったようだ。

和佳奈も真面目な顔で頷く。

「わたしもないな。せいぜい尾行の手伝いをしてもらったくらいだ」

三人の女が、いっせいに寝台に独り裸でいる女の顔を見る。

陽子はしぶしぶ答えた。

「当然、わたしもないわよ。こいつとはいつも、このホテルで密会して、エッチしていただけなんだから」

その瞬間、四人の女たちの間で妙な絆《きずな》が生まれたようだ。

かなが、偉そうに命令する。

「二股でさえ許されない犯罪なのに、四股もしていたのは許しがたい重犯罪者です。署長命令です。本上龍桜を即刻逮捕しなさい」

「同感、これは逮捕事案だな。警視、どう思います」

和佳奈が、シーツの上でうずくまっている女を見る。

白絹のような肌に「ショタコン」とマジックでかかれた警視は顔を上げ、首の前で親指を横に引く。

「ギルティだ。逮捕しろ」

「承知しました」

「ただちに拘束します」

大仰な敬礼をした婦警二人は、腰のポケットから手錠を取り出した。

「ちょ、ちょっとなにを!?」

いやな予感がした龍桜は、寝台から逃げようとしたが、退路はなかった。

カシャン！　カシャン！

両手首に手錠をかけられた龍桜は、寝台の上に大の字で固定されてしまった。

「あ、あの……なにするつもりですか？」

怯《おび》える龍桜の四方から、服を脱ぎ捨てた女たちが迫る。

背のスラリと高い筋肉質なロケットおっぱいの和佳奈は右手方面から。肉感的なムチムチ体型で肉まんおっぱいの綾は左手方面から。柄でメリハリボディのかなは左脚方面から。スレンダーで白絹のような肌に「ショタコン」と悪戯書きされてしまった陽子は右足方面からだ。

彼女たちの視線の先では、逸物が隆々とそそり勃っていた。

さきほど陽子の肛門に、コンドームをつけて挿入されたが、龍桜は射精しなかったのだ。

「本上くんが悪いんですよ。女の心と体だけを弄ぶ、まさに最低最悪の犯罪者には相応の待遇《たいぐう》があります」

四人の中で一番優しいはずのかなの宣言に、龍桜は頬を引きつらせる。

「婦警を怒らせたらどうなるか、骨の髄まで教えてあげるわ」

剣道の達人である和佳奈はわざとらしく、両手を組んで素振りの真似をする。

「青少年の健全な育成は、警察の大切な仕事よ。女ったらしの不良少年は、きっちり指導してあげるわ」

眼鏡を整えながら、陽子は冷酷に宣言する。

「まずは、この凶器の扱いですね。これは危険すぎます」

綾が男根を突っつく。

「ああ、それはたしかに大変危険だ。女はこれにやられるとほだされるからな。二度と悪さができないように没収してしまおう」

陽子の指示に、他の三人も同意する。

手錠に両手を束縛《そくばく》された龍桜の両足が開かれて、四人の女たちの顔が男根に近づいた。

「ま、まさか……あ、ああ」

亀頭の四方からキスがされる。四枚の舌で亀頭部を舐め回され、交互に尿道口をえぐられた。

「ちょ、ちょっとまて、さすがに四人がかりというのは……ああ」

綾と和佳奈によるダブルフェラは何度も経験しているが、カルテットフェラなどというのは、さすがに想像したこともなかった。

とはいえ、さすがに四人の頭が迫ると狭いのだろう。女たちは無言のチームワークで、亀頭を舐める役と、睾丸を舐める役と、男根を横に咥える役などを順番にこなしてくる。

いずれも龍桜と何度もセックスをし、フェラチオもした。つまり、四人ともそれぞれ龍桜を楽しませ、感じさせるポイントを心得ているつもりの女たちだ。

四人の痴女は、自らのフェラチオテクニックを他の三人に見せつけるように男根を舐めしゃぶった。

「あ、ああ、ああ……もう」

男根から肉袋にいたるまで、余すところなく女たちの唾液によって塗り潰された。

そのあまりの気持ちよさに、龍桜は悶絶したが、なかなか射精には至らない。

射精しそうになると、絶妙なタイミングで外されるのだ。

「うふふ」

四人の女のしてやったり顔を見て、龍桜は事態を悟る。

彼女たちは意図的に、龍桜を感じさせながら、射精できないように調整しているのだ。

「あああ……」

龍桜は無様に腰を突き出して悶絶してしまった。

小悪魔的な笑みを浮かべたかなが、男根を舐めるだけではなく、右手を伸ばして龍桜の左乳首を抓《つま》んできた。

「本上くん、何かいいたそうね」

「射精したいです。お、オマ×コに入れさせてください」

切羽詰まった龍桜の懇願に、四人の女たちは爆笑する。

「仕方ないわね。だれからいく？」

綾の質問に、陽子は肩を竦める。

「わたしは今日すでにやっているからな。おまえらに譲ってやろう」

かなと和佳奈と綾が、顔を見合わせる。

「それでは、先鋒はわたしがいきます」

和佳奈が勢いよく進み出て、騎乗位で挿入した。

「さすが先輩。思いきりがいいです」

感動の声をあげた綾は、左のロケットおっぱいを手に取ると、乳首を舐めはじめた。

「では、わたしはこちらを担当してやろう」

陽子は、右のロケットおっぱいを手に取り、乳首を舐めはじめる。

「それでは、わたしはこちらを」

かなは、男女の結合部に顔を入れると陰核を舐めだしたようだ。

「ひぃぃ、ちょ、ちょっと、これは……ひぃ、ひぃ、ひぃ」

「だって、次がつかえていますのよ。とっととイッてもらいませんと」

両手を手錠で繫がれた龍桜は、何もなすことができず、自分の上で行われる集団レズプレイを見守る。

(遠藤先輩のオマ×コって、こうぎゅうぎゅうぎゅうって三段締めになるから、気持ちいい)

焦らされた男根は、ようやく安住《あんじゅう》の地にして解放された。

ドビュユユユッッ！

「ああん、すごい、いっぱいきた」

全身の性感帯を同性に責められていた和佳奈は、膣内射精を受けて歓喜の声をあげた。

「はいはい、先輩どいてください。次は、わたしです」

和佳奈に代わって、綾が乗ってくる。

(綾姉のヌルヌルのミミズ千匹はヤバい。気持ちよすぎて、すぐに出る)

立てつづけに射精しそうになっている龍桜の乳首を舐めながら、かなが笑いかける。

「本上くん、いっぱい出すのはいいですけど、そう簡単に終わると思ったらダメですからね。キンタマをこう摘まんで、ペラペラになっているのがわかるまで許しませんから」

「……!?」

そのあまりにも非道な宣言に、あたりには戦慄《せんりつ》が走り、あの陽子をして感心した顔になる。

「さすがは署長。かわいい顔してえぐいことを言うわね。それでいきましょう」

キャリア、ミニパトコンビ、一日警察署長などに囲まれて交互に犯されながら、龍桜は死ぬ気で我慢することに決めた。

(でも、エッチな婦警さんには勝てる気がしない)

◎本作品の内容はフィクションであり、登場する個人名や団体名は実在のものとは一切関係ありません。

◉新人作品**大募集**◉

マドンナメイト編集部では、意欲あふれる新人作品を常時募集しております。採用された作品は、本人通知のうえ当文庫より出版されることになります。

【応募要項】 未発表作品に限る。四〇〇字詰原稿用紙換算で三〇〇枚以上四〇〇枚以内。必ず梗概をお書き添えのうえ、名前・住所・電話番号を明記してお送り下さい。なお、採否にかかわらず原稿は返却いたしません。また、電話でのお問い合せはご遠慮下さい。

【送付先】 〒一〇一‐八四〇五 東京都千代田区神田三崎町二‐一八‐一一 マドンナ社編集部 新人作品募集係

あぶない婦警《ふけい》さん エッチ《えっち》な取《と》り調《しら》べ

二〇二二年十二月十日 初版発行

発行◉マドンナ社
発売◉二見書房
東京都千代田区神田三崎町二‐一八‐一一
電話 〇三‐三五一五‐二三一一（代表）
郵便振替 〇〇一七〇‐四‐二六三九

著者◉竹内けん【たけうち・けん】

印刷◉株式会社堀内印刷所 製本◉株式会社村上製本所 落丁・乱丁本はお取替えいたします。定価は、カバーに表示してあります。

ISBN978-4-576-22170-0◉Printed in Japan◉©K.Takeuchi 2022